I0562374

LE JOUEUR;

TRAGÉDIE BOURGEOISE,

TRADUITE DE L'ANGLOIS.

À LONDRES;

Et se trouve

À PARIS,

Chez DESSAIN JUNIOR, Libraire, Quai
des Augustins, à la Bonne-Foi.

M. DCC. LXII.

AVERTISSEMENT.

EN donnant cette Tra-
duction au Public, j'au-
rois tâché de l'accompagner
de quelques Réflexions sur la
Tragédie Bourgeoise, si je
n'eusse craint de répéter ce
que d'autres en ont dit avant
moi. Je sçai d'ailleurs qu'un
homme fort connu dans la
République des Lettres doit
faire imprimer incessamment
une Dissertation qu'il a faite

sur ce nouveau genre de Tragédie.

Il pourra paroître singulier que tous les Actes de celle-ci soient terminés par quelques Vers. En cela peut-être me suis-je conformé trop fidelement à mon Original. J'ai crû cependant que je pouvois les hasarder, & qu'ils ne paroîtroient pas plus extraordinaires, que la Chanson qui se trouve dans le troisiéme Acte. J'ai traduit aussi le Prologue & l'Epilogue, parce qu'outre leur singularité, ils me semblent donner quelqu'idée du génie Anglois,

Tout Traducteur dans sa Préface, rend en éloges à son Auteur ce qu'il lui fait perdre de son mérite dans la Traduction. C'est une espéce de restitution involontaire qu'il lui fait. Quoique je ne soye pas sans craintes sur celles que j'ai sans doute à faire à l'Auteur Anglois, je n'anticiperai cependant pas sur le Jugement du Public, en faisant l'éloge de cette Tragédie. Le sentiment, le pathétique, la vivacité de l'action, l'enchaînement des scènes, les situations théâtrales, l'intérêt surtout, l'ame de tout Ouvrage Dramatique, & qui dans celui-ci eſt porté à un degré ſuprême, s'y feront aſſez remarquer, ſans que je prétende les faire appercevoir à un Lecteur éclairé. J'aurois ſeulement ſouhaité pouvoir lui apprendre quelques particularités ſur l'Auteur, mais j'ai fait à ce ſujet de vaines recherches ; tout ce que je puis dire de certain, c'eſt que cette Tragédie eſt moderne, qu'elle a été imprimée à Londres en 1753, & qu'elle a eu le plus grand ſuccès ſur le Théâtre de Drury-Lane.

PROLOGUE
DE LA TRAGÉDIE
DU JOUEUR,

FAIT & prononcé par Monfieur
Garrick (*).

TEL que *le fameux Chevalier
de la Manche, qui la lance
au poing, & porté par un fuper-
be Courfier, cherchoit par tout
les Enchanteurs pour les extermi-
ner, tel notre Poëte, monté fur
Pegaze & armé de toutes piéces
relance jufques dans fon antre le
monftre du Jeu, & l'appelle au
combat. Le premier n'attaquoit*

(*) Célébre Acteur Anglois.

dans sa fureur que des Moulins à vent & des Géans imaginaires ; celui-ci combat une passion profondement enracinée dans notre ame, une passion qu'on condamne & qu'on aime, & dont les chaînes pesantes paroissent, par un secret & magique pouvoir, agréables & légeres à ceux qui les portent. C'est pour nous sauver des charmes de cet Enchanteur, c'est pour arracher de ses bras nos femmes & nos filles, que notre Poëte, nouveau Dom Quichotte, a pris les armes.... O vous, jeunes beautés, défendez-vous des piéges funestes de ce monstre ! Son subtil poison flétrit les yeux les plus brillans : son souffle mortel desséche les fleurs du teint le plus aimable. L'enjouement, la douceur & l'amour se changent en frénésie : la tendre Colombe devient un Oiseau de proye. Puisse notre valeureux Défenseur rompre l'enchantement ! Puisse-t-il replonger

ce monstre affreux dans les abyfmes du Tartare !

O vous , efclaves d'une vile paffion , victimes d'un aveugle hazard , reveillez-vous enfin , arra-
chez le bandeau funefte qui vous
couvre les yeux. Courbés fous le
poids de vos fers , ofez les bri-
fer. N'attachez plus votre fortune
aux caprices d'un dez , aux perfides promeffes d'une carte. Dé-
laffez-vous par de plus nobles amu-
femens ; payez d'autres dettes que
des dettes d'honneur : fecouez le
joug de l'infamie , votre gloire l'ordonne. Citoyens inutiles , Parens
dénaturés , rentrez dans le fein de
votre Patrie & de vos familles ,
qui vous avoient perdus.

Si ma Mufe opéroit parmi mes
Compatriotes un fi heureux changement , quel bon Citoyen n'en feroit charmé ? Hommes vertueux ,
fecondez-moi , ce foible effai ne
fera pas fans fruit.

A v

ACTEURS.

BEVERLEY.

M^de BEVERLEY, sa femme.

CHARLOTTE, sœur de Beverley.

LEWSON, Amant de Charlotte.

STUKELY,

JARVIS, ancien Maître d'Hôtel de Beverley.

BATES,

DAWSON,

LUCIE, Suivante.

Un Laquais.

La Scène est à Londres.

LE JOUEUR,

TRAGÉDIE BOURGEOISE.

ACTE I.

SCENE I.

Mad. BEVERLEY, CHARLOTTE.

Madame BEVERLEY.

CONSOLEZ-VOUS, ma chere Charlotte : tout peut encore changer de face. Ce logis paroît déjà plus riant à mes yeux. Ô ma sœur ! si j'étois la seule malheureuse, si je n'avois à regretter que la perte de ma maison, de mon équipage, & d'une vaine parure, si je n'avois à m'affliger que d'avoir renvoyé mes gens, votre pitié seroit une foiblesse.

CHARLOTTE.

N'est-ce donc rien que la pauvreté ?

Mad. BEVERLEY.

Non sans doute, la pauvreté ne seroit rien pour moi, si j'en souffrois seule. Lorsque nous avons été dans l'abondance, j'étois la plus heureuse des femmes riches ; à présent que notre sort est changé, que j'aye de quoi subsister, que j'aye le cœur de mon Epoux, & je serai la plus heureuse des femmes pauvres. Ce logis, tout dépouillé qu'il est, semble ne redemander que la présence de son Maître. Quels regards vous jettez sur moi, Charlotte !

CHARLOTTE.

Je cherche à pouvoir haïr mon frere.

Mad. Beverley.

Quels propos vous me tenez !

Charlotte.

Ne vous a-t’-il pas abandonnée ? O la funefte paffion que celle du jeu ! Ne devoit-il pas fe contenter de jouer comme il faifoit jufqu’à quatre ou cinq heures du matin ? N’étiez-vous pas affez malheureufe de veiller fi avant dans la nuit pour l’attendre ? Falloit-il encore qu’il la pafsât aujourd’hui toute entière ? Je veux apprendre à le dé- tefter.

Mad. Beverley.

Que ce ne foit pas du moins pour fa premiere faute. C’eft la feule fois qu’il n’eft pas revenu.

Charlotte.

La feule fois ! Non, non, défabu- ’fez-vous. Depuis longtemps le fom- meil eft banni de fes yeux. Que de vertus un feul vice a étouffées en lui ! Que je crains auffi que fa tendreffe..... Il fut un temps, ma fœur. . . . . .

Mad. BEVERLEY.

Ce temps exifte encore. Je ne crains
point la perte de fon cœur. S'il pouvoit feulement fe fauver......

CHARLOTTE.

Du précipice où l'entraînent fes indignes amis ? c'eft impoffible. Hélas !
fon pauvre enfant ! que va-t'il devenir?

Mad. BEVERLEY.

Ce qu'il deviendra ? La néceffité lui
fera trouver des reffources. Les fautes
de fon pere le rendront plus fage. La
réfignation de fa mere fera pour lui
une leçon de patience & de courage.
La pauvreté n'eft pas fi effrayante que
vous vous l'imaginez. Il n'eft aucun état
dans la vie, où l'on ne puiffe être heureux,
quand on jouit de la paix & de la fan-
té. Le Vigneron que l'Aurore rappelle
au travail , goûte avec plus de charmes
le repos de la nuit. Son pain en a plus
de faveur ; il trouve fa cabane plus aimable ; fa famille lui en eft plus chere ,
fes délaffemens plus agréables. Il fe re-

veille le matin avec le Soleil, le soir, il se couche avec lui. Tous les états ont leurs agrémens, quand la douce satisfaction habite dans le cœur. Mais mon pauvre Beverley n'en connoît aucune. La pensée d'avoir ruiné ce qu'il aime, fera toujours le supplice de sa vie. Que je voudrois arracher de son cœur cette funeste pensée !

CHARLOTTE.

Si lui seul étoit ruiné, son châtiment seroit bien juste. C'est mon frere, il est vrai, mais quand je pense à tout ce qu'il a fait, aux biens que vous lui avez apportés, à ceux qu'il avoit lui-même & qu'il a sacrifiés à la plus vile des passions, & prodigués avec les plus vils de tous les hommes; je ne me posséde plus; il n'a point touché, m'a-t'il dit, au peu de bien que j'ai entre ses mains. Je voudrois en être sûre.

Mad. BEVERLEY.

Vous pouvez l'être.... Ce seroit un crime d'en douter.

CHARLOTTE.

Je veux m'en aſſurer. J'ai eu tort de
le lui confier. Mais je le lui redemande-
rai ce matin même. J'en ai un bien
triſte motif.

Mad. BEVERLEY.

Quel eſt-il ?

CHARLOTTE.

Celui de ſoutenir une ſœur.

Mad. BEVERLEY.

Non, je n'en ai pas beſoin. Repre-
nez-le, mais pour en récompenſer un
fidel Amant. Le généreux Lewſon mérite bien davantage. Pourquoi differez-
vous de le rendre heureux ?

CHARLOTTE.

Parce que ma ſœur eſt malheureuſe.

Mad. BEVERLEY.

N'en croyez rien, mes Bijoux me
reſtent encore, je les vendrai pour
fournir à nos beſoins ; & quand cette
reſſource nous manquera, ces mains
travailleront à notre ſubſiſtance. Le
pauvre doit être laborieux..... Vous
pleurez, Charlotte ?

CHARLOTTE.

Oui, je pleure. Votre sort m'arrache des larmes.

Mad. BEVERLEY.

Confolez - vous ; tout n'eft pas encore perdu ; & quand tout le feroit,
ma tendreffe me reftera : je lui ouvri-
rai les bras pour l'y recevoir. Plain-
drez-vous alors votre fœur ?

CHARLOTTE.

Guériffez-le feulement de cette paffion funefte, & la fucceffion de votre
Oncle peut réparer tout.

Mad. BEVERLEY.

Oui, Charlotte, fi nous pouvons
l'en guérir, mais l'indigence feule en
eft le remede ; & la perte d'une autre
fortune ne feroit qu'augmenter fa honte
& fa douleur. M. Lewfon viendra-t-il
ce matin ?

CHARLOTTE.

Il me l'a promis hier au foir. Il a ;
dit-il, quelques foupçons fur notre ami
Stukely.

Mad. BEVERLEY.

Il n'accuse certainement pas sa probité ; je sçai qu'il aime le jeu, mais sûrement il est honnête homme.

CHARLOTTE.

Il voudroît bien qu'on eût de lui cette idée : voilà pourquoi j'en doute. La probité se fait rendre justice sans la demander.

SCENE II.

Mad. BEVERLEY, CHARLOTTE, LUCIE.

Mad. BEVERLEY.

QU'Y a-t-il, Lucie ?

LUCIE.

C'eſt votre Maître (*) d'Hôtel, Madame, je n'ai pas eu le cœur de l'empêcher d'entrer ; le bon homme m'en a tant ſupplié.

(Lucie *ſort.*)

(*) Madame Beverley a dit au commencement de la premiere Scene, qu'ayant tout perdu, elle avoit été obligée de renvoyer ſes gens.

SCENE III.

Mad. BEVERLEY, CHARLOTTE, JARVIS.

Mad. BEVERLEY.

A Quoi penfez - vous , Jarvis ? Je vous avois prié de ne plus paroître ici.

JARVIS.

Me l'aviez-vous ordonné, Madame ? Je fuis vieux, je l'ai oublié. Peut-être auffi m'avez-vous défendu de pleurer ? mais je fuis vieux, Madame, & l'on oublie aifément à mon âge.

Mad. BEVERLEY, à Charlotte.

Quelle fidélité dans cet homme ! Qu'il me touche !

CHARLOTTE à Mad. Beverley.

C'eft une cruauté que de lui avoir défendu de venir ici.

JARVIS.

Je ne me reconnois plus dans ces

appartemens. Tout me paroît différent de ce que j'ai vû dans la maison de mon jeune Maître ; & cependant j'y ai vécu vingt - cinq ans. Quel honnête homme il avoit pour pere ! Il ne m'auroit pas ainsi renvoyé.

Mad. BEVERLEY.

Il n'eût eû aucune raison pour le faire, Jarvis.

JARVIS.

Je l'ai servi fidelement tout le temps qu'il a vécu. A sa mort, il m'a recommandé à son fils. Je lui ai été aussi fidèle.

Mad. BEVERLEY.

Je le sçai, Jarvis, je le sçai.

CHARLOTTE.

Nous le sçavons l'une & l'autre.

JARVIS.

Je suis vieux, Madame, & n'ai pas longtemps à vivre. Je ne lui demandois que la grace de mourir à son service, & il m'a renvoyé.

Mad. BEVERLEY.

N'en parlons plus, je vous en prie.
C'est sa pauvreté que vous devez accuser.

JARVIS.

Sa pauvreté! Quoi donc est-il si
pauvre?... Oh! il faisoit la joie de
mon cœur, & de mes vieux jours.....
Mais ses Créanciers lui ont-ils donc
tout enlevé?.... Ont-ils aussi vendu
sa maison? Lorsque son pere la fit bâtir,
il étoit encore à la lisière. Il me carres-
soit, je le prenois dans mes bras : Jarvis,
me disoit-il, lorsqu'un pauvre me demandoit l'aumône, pourquoi y a-t-il
des pauvres? Vous ne serez jamais pauvre, Jarvis : si j'étois Roi, il n'y auroit
point de pauvres. Et lui-même l'est
aujourd'hui! Il étoit si bon! Que c'é-
toit un aimable enfant!

Mad. BEVERLEY.

Parlez-lui, Charlotte, pour moi je
ne le puis.

CHARLOTTE.

Quand j'aurai essuyé mes larmes,

JARVIS.

J'ai un peu d'argent, Madame ; j'en aurois d'avantage, si je n'avois aimé à faire du bien aux malheureux : tout ce que j'ai est à vous.

Mad. BEVERLEY.

Non, Jarvis ; nous en avons encore assez. Cependant je vous remercie, & voudrois mériter votre amitié pour nous.

JARVIS.

Mais verrai-je mon Maître ? voudra-t'il me permettre de m'attacher à lui dans ses malheurs ? Je ne lui serai point à charge. Il me donnera la mort s'il me refuse. Où est-il, Madame ?

Mad. BEVERLEY.

Il n'est point à la maison ; vous le verrez dans un autre moment

CHARLOTTE.

Demain ou après-demain. Jarvis, quel changement ici !

JARVIS.

Oui, en vérité, Madame, mon cœur

en faigne de douleur. Cependant il me
femble...... Mais voici quelqu'un.

SCENE IV.

Mad. BEVERLEY, CHARLOTTE, JARVIS, STUKELY, LUCIE.

LUCIE.

M. Stukely, Madame. (Lucie *fort*.)

STUKELY.

Je vous fouhaite le bon jour, Mef-
dames. Votre ferviteur, M. Jarvis. Où
eft mon ami, Madame? (*Mad. B.*)

Mad. BEVERLEY.

C'étoit à moi à vous faire cette queftion. Ne l'avez-vous pas vû d'aujourz
d'hui ?

STUKELY.

Non, Madame.

CHARLOTTE.

Ni la nuit dernière ?

STUKELY.

STUKELY.

La nuit derniere ! Comment ! il n'eſt
donc pas revenu ?

Mad. BEVERLEY.

Non ; ne l'avez-vous pas paſſée enſemble ?

STUKELY.

Je l'ai quitté hier ſur le ſoir. Depuis je ne l'ai pas vû. Où peut-il s'être
arrêté ?

CHARLOTTE.

Vous l'appellez votre ami, Monſieur ;
& vous encouragez la paſſion qu'il a
pour le Jeu !

STUKELY.

Vous m'avez déjà fait ce reproche ;
Madame, & je vous ai dit que mon
plus grand chagrin étoit de ne pouvoir
l'en guérir. M. Beverley eſt un homme,
Madame ; & ſi les prieres d'un Ami ne
peuvent rien ſur lui , je ne connois pas
d'autres moyens. J'ai partagé ma bourſe
avec lui , même aux dépens de ma fortune. Si c'eſt par-là que je l'ai encou-

B

ragé, je mérite vos reproches : mais je
fuis bien réfolu de l'arracher à cette
paffion.

Mad. BEVERLEY.

Je n'en doute pas, Monfieur, & je
vous en remercie. Mais où l'avez-vous
laiffé la nuit derniere ?

STUKELY.

Chez Wilfon, Madame, & en affez
mauvaife compagnie, fi je dois le dire.
Peut-être y eft-il encore. M. Jarvis, je
crois, connoît la maifon.

JARVIS.

Irai-je, Madame ?

Mad. BEVERLEY.

Non, il peut le trouver mauvais.

CHARLOTTE,

Il peut y aller comme de lui-même.

STUKELY,

M. Jarvis, au moins ne me nom-
mez pas. Je fuis en faute moi-même,
& devrois cacher les fautes de mon
ami. Mais je ne puis rien refufer ici,

(Ii fait une inclination
à Mad. B. & à Charl,)

JARVIS.

Que je voudrois bien l'aller trouver !

Mad. BEVERLEY.

Allez y, mais ne lui dites rien qui
sente le reproche. Je ne lui en ai jamais
fait.

JARVIS.

Que je souhaiterois bien plutôt lui
donner quelque consolation !

(*Jarvis sort.*)

SCENE V.

Mad. BEVERLEY, CHARLOTTE, STUKELY.

STUKELY.

NE vous allarmez pas ainsi, Madame. Tous les hommes font des fautes, & il vient un tems où ils les re-
connoissent. L'heure de mon ami n'est
peut-être pas encore venüe. Mais il a
un oncle, & il est un terme à la vie

B ij

des Vieillards. Prenez courage, Madame. La perte d'une premiere fortune nous fait mieux connoître le prix d'une seconde.

(*On frappe à la porte.*)

Mad. BEVERLEY.

Ecoutons. Non ; ce n'est pas lui, il ne frappe point si fort. Je prie le Ciel de le conserver.

STUKELY..

N'en doutez pas, Madame, il veillera aussi sur vous, Tout peut changer en bien.

(*On frappe une seconde fois.*)

Mad. BEVERLEY.

On frappe encore plus fort. Hola ! qu'on aille ouvrir. Aucun de mes gens ne me répondra-t-il ? N'y a-t-il donc personne ? .... Hélas ! à quoi pensois-je ! Je me suis oubliée moi-même.

CHARLOTTE.

J'y vais, ma sœur. Mais ne prenez pas de si vives allarmes.

(*Charlotte sort.*)

SCENE VI.

Mad. BEVERLEY, STUKÈLY.

STUKELY.

QUel accident extraordinaire avez-vous donc à craindre, Madame ?

Mad. BEVERLEY.

Je vous demande pardon, Monsieur; mais je suis toujours dans cet état en l'absence de M. Beverley. Personne ne frappe, que je ne m'imagine qu'on m'apporte de mauvaises nouvelles.

STUKELY.

Vous vous inquiétez trop, Madame, pour une absence d'une nuit. Si de tristes pensées viennent vous troubler, car l'Amour est toujours soupçonneux, rappellez - vous votre mérite & votre beauté, & vous n'aurez plus de quoi vous allarmer.

B iij

Mad. BEVERLEY.

Quelles feroient ces penfées ? Je n'en forme point qui outragent mon Epoux.

STUKELY.

Ce feroit en effet l'outrager, Madame. Le monde eft plein de calomniateurs. Un méchant homme accufe les autres des vices qu'il fe connoît à lui-même, & fous la méchanceté générale, cherche à cacher la fienne. Si vous êtes prudente, fi vous voulez être heureufe, fermez l'oreille aux mauvais rapports. Ce feroit vous perdre que de les croire. ....

Mad BEVERLEY.

Ce feroit pis encore. Ce feroit d'ailleurs aller contre la conviction même : mais à quel fujet me tenez-vous ce propos ?

STUKELY.

C'eft pour vous mettre en garde contre ces faux rapports. La moitié des hommes fe fait un plaifir du malheur d'autrui. Sur une feule faute, ils noirciffent & déchirent impitoyablement un homme. Si leurs calomnies vont jufqu'à vous, gardez-vous de les croire.

Mad. BEVERLEY.

Quelles calomnies ? D'où partentelles ? Qui vous l'a dit ? Je n'ai rien appris . . . . ou tout ce que j'ai appris me confirme que, malgré fes écarts, Beverley m'eft fidéle, C'eft ce qui fonde mon affurance, mon repos, & ma joie, au milieu de la tempête qui gronde autour de moi. Je ne perdrai cette affurance qu'avec la vie. (*Stukely baiffe les yeux & foupire.*) Pourquoi foupirezvous, Monfieur, & baiffez-vous les yeux?

STUKELY.

Je vous écoutois, Madame, & je ne fçai pourquoi j'ai foupiré. Peut être vous ai-je témoigné trop d'inquiétudes . . . . . Si cela étoit, n'en accufez que mon zéle & mon amitié, qui vouloit vous mettre en garde contre les mauvais rapports : votre Epoux eft outragé, eft déchiré d'une maniere indi-

gne ..... Pour moi je jurerois de sa
fidélité sur ma vie.

Mad BEVERLEY.

J'en jurerois aussi sur la mienne. Qui
en douteroit? Mais n'en parlons plus......
Je me suis préparée, Monsieur.... Cependant pourquoi cette précaution?.....
Vous êtes ami de mon Epoux. Je vous
crois aussi le mien. Je vous regarde
comme notre ami commun. (*elle s'arrête*) Aussi tout ce que vous m'avez dit
ne m'a-t-il fait aucune peine.

STUKELY.

Plaise au Ciel, Madame, qu'il vous
maintienne dans cette tranquillité! J'ai
voulu vous affermir contre les soupçons, sans vous donner d'allarmes.

Mad. BEVERLEY.

N'en ayez pas non plus, Monsieur.
Qui vous a parlé de soupçons? mon
cœur s'y est toujours refusé.

STUKELY.

J'en suis charmé, Madame. Je vous
en dirois davantage, mais quelqu'un
vient.

SCENE VII.

Mad. BEVERLEY, CHARLOTTE, STUKELY.

Mad. BEVERLEY.

Qui étoit-ce, Charlotte ?

CHARLOTTE.

Quel cœur il a ce Jarvis !.... C'étoit un Créancier, ma sœur. Mais le bon homme vous en a délivré...... N'accablez point fa femme ! Ne défolez pas fa sœur, lui difoit-il ! j'entendois tout. Il eft cruel, ajoûtoit - il, de tourmenter les affligés...... & lorf. qu'il m'a vû à la porte, il m'a demandé pardon de ce qu'un de fes amis avoit frappé fi fort.

STUKELY.

J'aurois voulu m'y trouver dans ce moment. Ce Créancier demandoit - il une fomme confidérable ?

CHARLOTTE.

Je n'en ſçai rien : mais nous devons nous attendre ſouvent à de pareilles viſites . . . . . Pourquoi vous vois-je plongée dans cet abattement, ma ſœur ? Ce n'eſt pas-là un ſujet de chagrin nouveau pour vous.

Mad. BEVERLEY.

Non, Charlotte, mais dans l'attente de Beverley, mon impatience me tuë... J'y ſuccombe . . . . . Excuſez-moi, Monſieur, je vais à ma chambre prendre, s'il m'eſt poſſible, quelque repos.

STUKELY.

Que la paix & la tranquillité vous y ſuivent, Madame.

SCENE VIII.

CHARLOTTE, STUKELY.

STUKELY (*à part.*)

MON projet a réuffi. (*haut.*) Cette pauvre Madame Beverley ! que je fuis fenfible à fon état !

CHARLOTTE.

Cherchez à l'en tirer , & je vous crois fon ami.

STUKELY.

Et par quel moyen , Madame ?

CHARLOTTE.

En guériffant fon frere de fa paffion;

STUKELY.

Faites - en donc auparavant un autre homme. L'avis eft bon , & j'y penferai, Madame.

CHARLOTTE.

Je crains bien qu'il ne foit inutile ,

B vj

ſi ne ſuivant qu'une aveugle amitié, ou ſi par d'autres motifs, vous nourriſſez ſa paſſion en fourniſſant à ſon jeu, & ſi vous l'entretenez par votre propre exemple. Les Médecins pour guérir de la fiévre, écartent des lévres alterées de leurs malades les breuvages qui leur mettroient le feu dans le ſang Pour vous, vous les leur preſentez . . . . . . (*on frappe.*) Ecoutons, Monſieur . . . . A la violence de ces coups, c'eſt mon frere déſeſperé qui arrive . . . . ou bien c'eſt un Créancier.

STUKELY.

A peine s'eſt-on délivré d'un, qu'on en voit . . . . . Mais quoi, c'eſt M. Lewſon,

SCENE IX.

CHARLOTTE, STUKELY, LEWSON.

LEWSON.

JE vous falue, Madame ; votre ferviteur, Monfieur. Je viens de vous
chercher chez vous.

STUKELY.

Ce matin, Monfieur ? Etoit-ce pour
quelqu'affaire ?

LEWSON.

Vous lui donnerez peut-être un autre
nom. Où eft M. Beverley, Madame ?

CHARLOTTE.

Nous venons d'envoyer fçavoir où
il eft.

LEWSON.

Il eft donc dehors ? Il n'a pas cou̇f-
tume de fortir fi matin.

CHARLOTTE.

Non, ni de rentrer ſi tard.

LEWSON.

Cela eſt vrai. J'en ſuis fâché. Mais
M. Stukely nous dira peut-être où il eſt.

STUKELY.

J'ai déja dit, Monſieur . . . . . Mais
quelle affaire avez-vous avec moi ?

LEWSON.

J'ai à vous féliciter, Monſieur, ſur
vos derniers ſuccès au jeu. Ce pauvre
Beverley ! Mais vous êtes ſon ami , &
c'eſt une conſolation que d'avoir des
amis heureux.

STUKELY.

Que voulez-vous dire par-là, Monſieur ?

LEWSON.

Le voici. Beverley étant pauvre, &
ayant un ami riche . . . . . Vous m'en-
tendez.

STUKELY.

Je ſuppoſe que ces propos ne ſont
pas ſans deſſein. Dans un autre mo-

ment, Monfieur, je vous demanderai
une explication.

LEWSON.

Pourquoi ne la voulez-vous pas fur
le champ ? Je ne fuis point un verbia-
geur. Une minute ou deux me fuffi-
ront.

STUKELY.

Mais non pas à moi, Monfieur. J'ai la
conception dure ; il me faut du temps,
& je ne veux pas de témoins. La pré-
fence d'une Dame diftrait d'ailleurs
mon attention . . . . . . Un autre jour
vous me trouverez chez moi.

LEWSON.

A un autre jour donc.

STUKELY.

Je vous attends, Monfieur. Votre
ferviteur, Madame.

SCENE X.

CHARLOTTE, LEWSON.

CHARLOTTE.

QUE voulez - vous donc lui dire
par-là ?

LEWSON.

Je veux lui faire entendre que je le
connois.

CHARLOTTE.

Comment le connoiſſez - vous? Ce
ne ſont peut-être que de ſimples ſoupçons.

LEWSON.

J'aurai bientôt des preuves.

CHARLOTTE.

Et quand vous en aurez, que pré-
tendez-vous faire? Voulez-vous riſquer
votre vie pour le punir?

LEWSON.

Ma vie, Madame ! raſſurez-vous. Je

fuis cependant bien flatté de l'intérêt que vous y prenez. Mais qu'il vous fuffife de fçavoir que je connois ce Stukely. .... Je ne crois guères plus à fa probité qu'à fon courage.

CHARLOTTE.

Mais que voulez-vous faire?

LEWSON.

Rien, jufqu'à ce que j'aie des preuves. Cependant mes foupçons font bien fondés .... Mais il me femble, Madame, que le rôle que je joue ici n'eft autorifé d'aucun titre. Si vous me permettiez d'appeller M. Beverley mon frere, fes intérêts feroient les miens. Pourquoi voulez-vous que je ne faffe que le perfonnage d'ami?

CHARLOTTE.

Vous connoiffez mes raifons, & ne devriez pas me preffer. Je fuis toute de glace, dites-vous. Et comment voulez-vous que je foye, pendant que ma pauvre fœur eft dans un état affreux? Mon cœur faigne en la voyant fouffrir,

& l'Amour n'aura de charmes pour moi, que lorfque je verrai fes chagrins adoucis.

L E W S O N.

Serai-je moins fon ami, quand je ferai fon frere ? je ferois fâché de vous dire quelque chofe qui vous fît de la peine .... Mais enfin votre maifon eft fortement ébranlée ; il faut l'étayer pour prévenir fa chûte. En croirez-vous mon confeil ?

C H A R L O T T E.

Oui lorfque mon cœur ne fera plus dévoré d'amertumes. Mais changeons de propos. Vous devez avoir à parler ce matin à ma fœur. Elle eft affaiffée fous le poids de fes malheurs. Cependant jufqu'à ce jour , elle les a courageufement foutenus.

L E W S O N.

Où eft-elle ?

C H A R L O T T E.

Elle s'eft retirée dans fa chambre.....; Elle s'eft évanouie.

LEWSON.

Je l'entends venir. Ne dites rien , Madame, de ce qui s'eſt paſſé entre Stukely & moi. N'ajoutons point à ſes chagrins.

SCENE XI.

CHARLOTTE , Mad. BEVERLEY, LEWSON.

Mad. BEVERLEY.

BON jour , Monſieur. J'ai entendu votre voix , & je crois que vous avez demandé de mes nouvelles. Où eſt M. Stukely, Charlotte ?

CHARLOTTE.

Il vient de s'en aller. Vous avez repandu bien des larmes, ma ſœur. Mais voici un ami qui vous conſolera.

LEWSON.

S'il a le malheur d'ajouter à vos peines, il vous en demande pardon d'avance, Madame. Votre maison & tous les meubles ont été vendus hier.

Mad. BEVERLEY.

Je le sçai, Monsieur. Je connois trop le motif généreux qui vous engage à me le rappeller. Mais je vous ai déja trop d'obligations.

LEWSON.

Ce font des bagatelles, Madame ; que vous mettez à trop haut prix. Pour vos meubles, je les ai achetés, & vous les remettrai. J'ai un ami plein d'eſtime pour vous, qui a beaucoup acheté & qui veut vous voir, avant de ſe rien approprier. Si une viſite à cet ami ne vous faiſoit point de peine, il ſouhaiteroit que ce fût ce matin.

Mad. BEVERLEY.

Non, en vérité, elle ne m'en fera point. La bonté de mes amis fait mon unique peine. Pourquoi m'obligent-ils au-delà de ce que je puis leur exprimer dereconnoiſſance.

LEWSON,

Votre temps viendra , Madame , de vous acquitter envers nous. J'ai un Carrosse qui attend à la porte .....
Aurons - nous votre compagnie , Madame ? (à Charlotte.)

CHARLOTTE.

Non , mon frere peut revenir sur le champ. Je veux rester ici pour l'y recevoir,

Mad. BEVERLEY,

Il aura peut-être besoin d'un Consolateur. Charlotte , au moins , ne lui faites aucun reproche. Nous ne serons pas long-temps dehors . . . . Venez, Monsieur , puisqu'il faut que je vous aye tant d'obligations.

LEWSON.

Nous reviendrons dans une heure, au plus tard. Vous trouverons - nous ici , Madame ? (à Charlotte.)

CHARLOTTE,

Oui , assurément.

SCENE XII.

CHARLOTTE.

CHARLOTTE.

JE n'aime point du tout à fortir, furtout depuis.... O mon frere ! mon
frere ! Dans quelle mifére il nous a
plongées !

SCENE XIII.

La Scène change, & fe paffe chez Stukely.

STUKELY.

STUKELY.

CE Lewfon me foupçonne, je n'en
puis douter. Cependant, pourquoi me
foupçonneroit-il ?.... Je parois ami
de Beverley autant que lui..... Mais
je fuis riche.... J'en conviens, graces

à la folie d'autrui & à ma propre fageffe. A quoi doit fervir en effet la
fageffe, fi ce n'eft à tirer parti des dupes ? Beverley eft la mienne ; je le trompe & il m'appelle fon ami .... Mais il
faut que j'aille encore plus loin. Les
bijoux de fa femme ne font pas
encore vendus. Il lui revient d'ailleurs une riche fucceffion de fon oncle.
J'en veux à ces deux objets.... Il me
refte enfuite à m'affurer d'un tréfor
ineftimable .... J'aime fa femme ... ;
Je l'aimois avant qu'elle connût ce Beverley, mais je me fuis contenté comme
un fot, de ramper auprès d'elle , je
n'ofois l'approcher, Beverley eft fur-
venu & me l'a enlevée ..... Jamais,
jamais , je ne lui pardonnerai. Mon
orgueil & mon amour font outragés de
fon bonheur. Je vengerai l'un & l'autre.
J'ai déjà infpiré à fa femme quelques
foupçons .... Ils ont déja pris dans fon
cœur. Si la jaloufie peut refroidir fa
tendreffe , l'indigence peut faire fuc-

comber fa vertu...... Ma haine triomphe dans l'efpérance.... Je fonde ma
conquête fur ces bijoux ; il les demandera à fa femme ; ils paſſeront dans
mes mains, & j'en ferai le prix de fa
foibleſſe.... Qu'y a-t-il, Bates ?

SCENE XIV.

STUKELY, BATES.

BATES.

POURQUOI donc paroiſſez - vous
fi étonné de me voir ? Nous ſommes
fous les armes & nous n'attendons plus
que des ordres. Où eſt Beverley ?

STUKELY.

Il m'attend au rendez-vous que je
lui ai donné hier au ſoir. Dawſon eſt-il
avec vous ?

BATES.

Oui, il eſt équipé comme un Gentilhomme. Il eſt fourni d'argent & de
dez

dez qui tromperoient le Diable même.

STUKELY.

Quelle tête il a ce Dawſon ! il rui-
neroit une Nation entiére. Mais du reſte
ces ſortes de gens ont des façons ſi
groſſiéres, & le regard ſi ſiniſtre, que
je ſuis étonné que Beverley ne s'en défie
pas.

BATES.

Il n'eſt pas queſtion ici de leurs façons & de leur air ſiniſtre. Donnez-
leur de l'argent pour fournir à leur jeu,
& ils paſſeront pour d'honnêtes gens.
La paſſion du jeu eſt ſi aveugle, qu'un
Gentilhomme environné de fripons ſe
croit en bonne compagnie.

STUKELY.

Et Guillaume, qu'en faites-vous ?...
Je ſuppoſe que c'étoit lui qui frappoit
ce matin à la porte de Beverley, avec
un billet à la main. Quel Rôle lui avez-
vous donné ?

C

BATES.

Il doit frapper fort & faire du tapage.
Ne l'avez-vous pas vû ?

STUKELY.

Non, ce sot s'est laissé emmener par
Jarvis. S'il fût entré, suivant l'ordre
qu'il en avoit, le Billet auroit été ac-
quitté. Voilà pourquoi j'attendois. J'ai
besoin de donner une bonne idée de
moi aux deux femmes ; car Lewson me
soupçonne ; il me l'a fait entendre à
moi-même.

BATES.

Que lui avez-vous répondu ?

STUKELY.

Peu de choses . . . . Que je le verrois
bientôt pour m'expliquer avec lui.

BATES.

Il faut avoir les yeux sur cet homme-
là. Mais quels Rôles avons-nous à jouer
avec Beverley ? Dawson & la Troup
ne vous comprennent point.

STUKELY.

Peu m'importe. J'ai des desseins au

deſſus de leur foible portée. Ils me
voyent lui prêter de l'argent, & ils en
ſont étonnés, eſprits bornés qu'ils ſont.
Il faut que je faſſe croire à Beverley
qu'il m'a ruiné. Voilà mon projet.

B A T E S.

Et qu'arrivera-t-il de-là ?

S T U K E L Y.

Oh ! c'eſt-là le point eſſentiel. Mais
n'en parlons plus. Vous en ſçaurez davantage ce ſoir. Il m'attend chez Wil-
ſon. J'ai dit à ſa femme & à ſa ſœur
qu'on l'y trouveroit.

B A T E S.

A quel ſujet le leur avez-vous dit ?

S T U K E L Y.

Pour me mettre à l'abri des ſoupçons.
Cela a fait le meilleur effet du monde,
& elles m'en ont remercié. Elles y ont
envoyé le vieux Jarvis.

B A T E S.

Mais il peut le ramener chez lui.

S T U K E L Y.

Non ; il attend que je lui porte de

C ij

l'argent. Mais je veux n'en point avoir.
Il faut que les Bijoux partent.... Les
femmes font foibles & ne refufent rien,
quand elles ont le cœur pris. ... Allez
chez Wilfon. Mais prenez garde que
Beverley ne vous voye. Vous fçavez de
quelle importance eft le Rôle que vous
jouez. De la prudence & de la difcré-
tion furtout. Attendez-moi à l'entrée de
la maifon. J'aurai befoin de vous dans
un inftant. Venez, Monfieur.

Que des hommes formés d'une trempe com-
 mune
Efclaves de l'honneur, ennemis du repos,
Achetent la richeffe au prix de leurs travaux;
Le fourbe bien plus vîte arrive à la fortune.

Fin du premier Acte.

ACTE II.

SCENE I.

Le Théatre repréfente une Salle de Jeu où l'on voit une Table, des Cornets, des Dez, &c.

BEVERLEY *affis.*

BEVERLEY.

QUELLE vie je mene ici ! l'Efclave qui fouille les mines reçoit tous les jours fon falaire & dort content ; pendant que ceux pour qui il travaille fe rendent malheureux dans le fein du bonheur, & puifent la pauvreté dans les fources de l'abondance même. O honte ! ô confufion ! Si la fortune ne m'eût donné que peu de biens, j'aurois fçu le conferver. Mais la richeffe conduit à l'indigence : les grandes rivieres tariffent dans leurs lits defféchés, tandis que la fource d'un foible ruiffeau fournit fans ceffe à fa courfe. Quel befoin avois-je de jouer ? Je ne manquois de rien. Ma fortune ne me laiffoit rien à défirer. Mes bienfaits cherchoient le pauvre qui me combloit de bénédictions. L'Amour parfemoit de rofes ma couche nuptiale, & l'Aurore en m'éveillant me rappelloit au plaifir. Cruelle penfée ! qui me ramene de l'état où j'étois, à l'état où je fuis ! Je voudrois oublier l'un & l'autre . . . .

SCENE II.

BEVERLEY, un LAQUAIS.

LE LAQUAIS.

ON vous demande, Monſieur.

BEVERLEY.

N'eſt-ce pas Stukely? pourquoi n'en-
tre-t-il pas?

LE LAQUAIS.

Ce n'eſt pas lui, Monſieur, c'eſt quelqu'un que je ne connois pas.

BEVERLEY.

Eh bien, faites le entrer. (*Le Laquais
ſort*) C'eſt donc quelqu'un que m'envoye Stukely! Stukely qui m'a ruiné!
Cependant je n'ai rien à reprocher à
ſon amitié: il me prête même à preſent
du peu qu'il a, pour rappeller à moi la
fortune.

C iv

SCENE III.

BEVERLEY, JARVIS.

BEVERLEY.

JARVIS, pourquoi vous préſenter
ici ?.... vous euſſiez mieux fait de ne
pas venir.

JARVIS.

Je ſuis venu vous rendre mes devoirs, Monſieur. Si jai mal pris mon
temps ....

BEVERLEY.

Oui .... Je veux être ſeul ..... Je
voudrois même me cacher à mes propres yeux. Qui vous a envoyé ici ?

JARVIS.

C'eſt une perſonne, Monſieur, qui
voudroit bien vous engager à retourner
chez vous. Ma Maîtreſſe n'eſt pas bien :
ſes larmes me l'ont dit.

BEVERLEY.

Sortez, laissez-moi tranquille . . . . .
Mais ne dites-vous pas qu'elle pleure ?
J'ai tort de ne pas sécher ses larmes . . . .
Retire-toi , je t'en prie, je n'ai pas be-
soin de toi.

JARVIS.

Pardonnez - moi , Monsieur ; j'ai à
vous ramener chez vous. Vous êtes toujours mon Maître. Dans les jours de
votre prospérité , vous avez fait du bien
à ma vieillesse. Si la fortune vous a
abandonné , je ne vous abandonnera
pas.

BEVERLEY.

Tu ne m'abandonneras pas ! Rap-
pelle-toi mes malheurs , ou trouve-moi
donc un moyen de sortir du précipice,
de l'abysme affreux où je suis . . . Que
peux-tu pour moi ?

JARVIS.
Je veux au moins le peu que je puis,
Vous avez été généreux à mon égard. . . .

Je crains de vous offenfer, Monfieur....
Mais....

BEVERLEY.

Non. Voudrois-tu que je te ruinaffe
auffi ? J'ai bien affez déja de quoi rou-
gir. .... Ma femme ! ma femme ! Pour-
ras-tu le croire, Jarvis ? Je ne l'ai point
vûe de toute la nuit derniere .... moi,
qui l'aimois tant, qu'une heure d'abfence étoit une année retranchée de
ma vie. Mais d'autres liens m'ont arrêté. .... Hélas ! j'ai joué jufqu'à l'état
même de mon fils. J'ai jetté ma fortune dans un gouffre ; & voulant l'en
retirer, je m'y fuis abyfmé moi-même.
Pourquoi veux - tu t'attacher à l'indigence ? Si tu le veux, va trouver ta
Maîtreffe. Elle n'a rien à fe reprocher,
on peut la confoler.

JARVIS.

Pour l'amour de Dieu, Monfieur !....
Je ne puis tenir à ce changement.

BEVERLEY.

Ni moi non plus .... Que dit-on

de moi dans le monde , Jarvis ?

JARVIS.

On y parle de vous comme d'un honnête homme perdu , comme d'un homme qui s'étant levé la nuit dans un
fonge , eft tombé dans un précipice.
On eft touché de votre fort.

BEVERLEY.

Oui , je fais pitié , N'eft-ce pas ? Mais
j'étois né pour l'infamie..... Je veux
te dire ce que l'on dit de moi dans le
monde. On m'appelle un miférable , un
mari perfide , un pere fans tendreffe ,
un frere fans amitié , un homme qui
ne connoît ni la nature , ni fes droits
les plus facrés. Ou pour te dire tout en
un mot , on m'appelle...un joueur. Va
trouver ta Maîtreffe , je te fuis dans
l'inftant.

JARVIS.

Pourquoi différer d'un moment ? Elle
eft cruellement obfédée d'une foule de
créanciers & de miférables qui ne con-
noiffent pas la pitié.... J'en ai ren-

contré un à la porte. Il vouloit voir ma
Maîtreffe. Je n'avois point de quoi le
payer fur le champ, je l'ai remis à demain. Mais les autres peuvent être plus
preffans. Elle a déjà bien affez de fes
peines ; votre abfence eft la plus grande.

B E V E R L E Y,

Dis-lui que je viens. J'ai à terminer
une affaire d'un inftant. Mais quel intérêt, veux-tu prendre à mes malheurs ?
Ta probité t'a laiffé pauvre, & ton âge
a befoin de fecours. Garde ce que tu
as pour te les procurer, de peur de te
voir preffé entre la mifére & le tombeau. J'ai un ami, fur les confeils de
qui, ... Mais le voici.

SCENE IV.

BEVERLEY, STUKELY,

JARVIS.

STUKELY.

BON jour, Beverley. Votre servi-
teur, M. Jarvis. Je m'attendois à vous
trouver ici. Ce coquin de Guillaume !
N'est-ce pas lui, qui ce matin a fait
tant de bruit chez Madame Beverley ?

JARVIS.

Ma Maîtresse l'a-t-elle entendu ?...
J'en suis fâché.

BEVERLEY.

Jarvis lui a promis de le payer.

STUKELY.

Cela ne doit pas être. Dites-lui, M.
Jarvis, que je le payerai.

JARVIS.

Le voulez-vous, Monsieur ? Que le
Ciel vous en récompense.

BEVERLEY.

Généreux Stukely ! Un ami tel que vous, si sa fortune secondoit sa bonne volonté, me feroit presqu'oublier mon malheureux sort.

STUKELY.

Vous êtes trop obligeant .... Monsieur Jarvis, allez vîte chez Guillaume : il peut faire encore du bruit.

JARVIS.

Et mon Maître, va-t-il retourner à la maison ? ..... Hélas ! Monsieur, vous sçavez si on y est désespéré de son absence.

SCENE V.

BEVERLEY, STUKELY.

BEVERLEY.

QUE ne suis-je mort !

STUKELY.

Que ne te fais-tu plutôt Hermite ?

Enfoncé dans une Grotte, tu y dirois
ton Chapelet, ou à genoux au pied d'un
arbre, tu demanderois grace pour les
pécheurs. Ha! ha! ha!.... Allons,
fois homme, & laiffe mourir les malades & les vieillards. La fortune peut
encore revenir. Au moins la tenterons-
nous.

BEVERLEY.

Non, elle s'eft trop déchaînée fur
nous.

STUKELY.

Oui, elle nous a ruinés, & c'eft pour
cela qu'il faut refter les bras croifés, &
contens de notre fort. C'eft ainfi que
fe découragent des hommes fans argent; mais lorfqu'il en revient, le courage doit fuccéder à ces foibleffes.
Nous fommes enfans de la fortune...
C'eft une mere, il eft vrai, qui nous a
maltraités; mais fuccomberons-nous
comme des lâches, parce qu'elle eft
volage & fantafque?.... Non, elle
nous réferve des faveurs, & les coups

dont elle nous a frappés nous annon-
cent son retour.

BEVERLEY.

Est-il un terme à son inconstance ?
Mais vous, si vous êtes ruiné, vous en
souffrez seul, & vous pouvez en parler
à votre aise ; pour moi, je tiens attachée à ma perte une famille entière.

STUKELY.

Votre reproche est injuste . . . . Je
n'ai parlé sur ce ton que pour distraire
les chagrins de mon ami. Le Ciel sçait
qu'il a besoin d'un Consolateur.

BEVERLEY.

Quel nouveau malheur avez-vous à
m'annoncer ?

STUKELY.

Je voudrois vous avoir apporté de
l'argent, mais ceux à qui j'ai voulu en
emprunter veulent des sûretés. Que fe-
rons-nous ? Tout ce que j'avois a passé
dans vos mains.

BEVERLEY.

Et c'est-là mon plus grand supplice.

J'ai ruiné mon ami, un ami qui pour
fauver un malheureux qui périffoit, lui
a tendu la main & eft tombé dans le
même précipice.

STUKELY.

Ne formez point ces triftes penfées.

BEVERLEY.

Comment pourrois-je en former
d'autres ?.... il ne me refte rien.

STUKELY.

(En foupirant.) Nous fommes donc
perdus fans reffource. Quoi, rien abfolument ? Point de meubles ? point de
bijoux inutiles ? aucun de ces brillans
enfermés dans des écrins , & qui ne
font bons à leurs poffeffeurs , qu'à les
faire mourir de faim ?.... Je me fuis
facrifié pour vous.

BEVERLEY.

C'eft ce qui fait mon défefpoir. Pour
moi, il ne me refte plus aucune reffource poffible.

STUKELY.

J'en vois encore qui peuvent nous

sauver. Jarvis est riche. N'est-ce pas à vous qu'il le doit ? Ce n'est pas ici le temps de faire le cérémonieux & le réservé.

BEVERLEY.

Et ce le seroit d'être un malhonnête homme ? Le bon vieillard ! le dépouillerois - je de ce qu'il a ? Mon ami lui-même en seroit fâché. Non, laissons-lui pour subsister le peu qui lui reste.

STUKELY.

(*En s'en allant.*) Bon jour donc.

BEVERLEY.

Quoi, si vîte ! C'est ainsi que vous souhaitez le bon jour !

STUKELY.

Je n'ai que des reproches à essuyer, quand je me trouve avec vous. Allez dire que je suis un séducteur : dites-le à Lewson aussi ; dites - lui que je suis l'auteur de vos pertes. . . . . Il vous en remerciera ; il me soupçonne déjà.

BEVERLEY.

Non, la fortune nous a associés dans

nos difgraces , & la même tempête nous a battus. Je n'ai de reproches à faire qu'à moi-même.

STUKELY.

Subfifterons-nous de ces reproches ? Vous n'en ufez pas en ami avec moi. Tant que j'ai eu des terres & du crédit, j'ai vendu , & emprunté pour vous , & lorfque nous devrions tenter la for-tune , & que mon cœur me préfage des fuccès , on m'abandonne , on me livre à la mifére , pendant que vous avez des reffources.

BEVERLEY.

Nommez-les , & fervez-vous-en.

STUKELY.

Des Bijoux.

BEVERLEY.

Oferois-je les prendre , prodigue & diffipateur que je fuis ? ma pauvre , ma pauvre femme ! Faut-il qu'elle perde tout ? Je ne voudrois pas l'affliger à ce point.

STUKELY.

Ni moi non plus. Prenons-nous-en à
la néceſſité. Un effort de plus, & la
fortune peut ſe déclarer pour nous.
Jamais mon cœur ne s'eſt livré à des
eſpérances plus flatteuſes.

BEVERLEY.

Imaginez d'autres reſſources.

STUKELY.

J'en trouve, & vous les rejettez.

BEVERLEY.

Souffre que ton ami ſoit homme.

STUKELY.

Oui, & que le vôtre meure de faim.
Je n'ai plus rien à dire. Conſervez ces
bagatelles de femmes. Que la vôtre les
garde pour en parer ſon orgueil, &
qu'expoſée à la raillerie publique, elle
porte des pierreries & manque de pain.

BEVERLEY.

Non, elle ne les refuſera pas. Mon
ami les demande. Mais pourquoi la
traiter auſſi injuſtement ? Les Bijoux
qu'elle eſtime ſont la fidélité & l'inno-

cence . . . . Ce font ceux qui la pare-
ront toujours ; mais pour les autres ,
ils n'ont fervi qu'à la vanité de fon
mari, & elle les fera fervir à fes befoins. Hélas ! vous ne la connoiffez pas.
Où nous retrouverons-nous ?

S T U K E L Y.

N'en parlons plus. J'ai changé de
fentiment. Laiffez-moi jetter dans une
prifon. Que ce foit la récompenfe de
l'amitié . . . .

B E V E R L E Y.

Périffe plutôt le genre humain ! Vous
laiffer mettre en prifon ! Non : tout
perdu , tout abyfmé que vous me
voyez, je ne fuis pas encore affez infâme pour le fouffrir : & Beverley ,
victime de l'imprudence & de la fortune , rougiroit d'être le plus fage & le
plus heureux des hommes, s'il lui falloit à ce prix être infenfible à l'infortune d'un ami.

S T U K E L Y.

Vous pouffez les chofes trop loin.

BEVERLEY.

Trop loin ! Dans ces circonſtances on eſt de glace , quand on n'eſt pas tout de feu. Adieu. J'irai vous trouver chez vous.

STUKELY.

Faites quelques réfléxions. Nous pouvons perdre les Bijoux. Il ſeroit plus prudent de ne pas les haſarder . . . . . J'ai été trop preſſants.

BEVERLEY.

Et moi trop ingrat. Les réflexions emportent du temps, je n'en ai point à perdre. Attendez-moi dans une heure.

SCENE VI.

STUKELY.

STUKELY.

L'INSENSÉ ! Le diſſipateur ! Nous allons donc nous amuſer cette nuit. . . . Mais n'allons pas ſi vîte. . . . Je ne tiens

point encore les Bijoux ., ... La femme
peut les refuser .... Le mari peut chan·
ger de réfolution . , ... C'eſt plus que
probable .... Je vais écrire un Billet à
Beverley , qui le déterminera à les demander .... Mais quoi ! Seroit-ce donc
l'avarice qui me rendroit cruel & perfide juſqu'à ce point ? Non , j'ai de plus
nobles & de plus puiſſans motifs , l'a-
mour & la vengeance ...... Rui-
nons le mari , & je triomphe de la
vertu de la femme. La vertu des femmes eſt une balance qui hauſſe & qui
baiſſe, fuivant que la miſére, la richeſſe,
ou la paſſion l'enlevent ou la font baiſ-
fer. Les femmes pauvres la vendent à
bon marché. Les riches la mettent à un
haut prix. Celle des femmes galantes fe
laiſſe aller aux fermens & aux perfides
promeſſes de leurs Amans. Mais les tendres épouſes qui fe piquent d'honneur
& de conſtance , tiennent contre la famine même .... Hé bien, eſſayons ! Ap-
pellons la famine à notre fecours. Je

brûle d'envie de faire cette conquête.

SCENE VII.

STUKELY, BATES.

STUKELY.

BATES, tenez vos gens prêts, nous avons un bon coup à faire. Nous nous rendrons îci cette nuit. Hâtez-vous & preſſez-les. Beverley va venir chez moi, & nous reviendrons enſemble. Hâtez-vous, vous dis-je, ils pourroient ſe diſperſer.

BATES.

Ils n'en feront rien, tant que leur Maître ne l'aura pas commandé.

STUKELY.

Venez donc. Donnez-leur le mot ; & ſuivez-moi. J'ai des meſures à prendre avec vous . . . . c'eſt aujourd'hui le jour déciſif.

SCENE VIII.

SCENE VIII.

La Scene change & se passe dans la maison de Beverley.

BEVERLEY, CHARLOTTE.

CHARLOTTE,

COMME vous êtes changé ! Vous avez les yeux égarés. Ma pauvre sœur ! Quelle peine vous lui ferez dans l'état où vous êtes !

BEVERLEY.

Non, non, un peu de repos me remettra. J'ai remercié Lewson des soins qu'il a pris de ma femme. Je n'ai rien de plus à lui donner.

CHARLOTTE.

Rien de plus ! N'avez-vous pas une sœur, & son bien à lui offrir ? Je le remets de jour en jour, & il se plaint;

D

il m'accufe d'être de glace pour lui. Il croit auffi.....

BEVERLEY.

Que j'ai perdu votre bien ?.... Il n'oferoit le penfer.

CHARLOTTE.

Auffi ne le penfe-t'il pas.... Vous êtes trop prompt dans vos conjectures...., Il ne s'inquiéte point fi vous l'avez. Ce foin me regarde. Je vous l'ai confié pour le ménager, & maintenant je vous le redemande.

BEVERLEY.

Vous avez donc des foupçons ?

CHARLOTTE.

Pour m'en guérir, rendez-le-moi.

BEVERLEY.

C'eft ce que je ferai pour mettre fin à la mauvaife humeur d'une fœur.

CHARLOTTE.

Dites plutôt pour rétablir la réputation d'un frere.

BEVERLEY.

Mais fi elle n'en a pas befoin ?

CHARLOTTE.

Je voudrois bien me flatter de cette
efpérance.

BEVERLEY.

Oüi, vous le voudriez bien, mais
vous ne le pouvez. Laiffez agir le tems.
Il éclaircira tous vos doutes.

CHARLOTTE.

Ils le font déja.

BEVERLEY.

C'eft bon. Mais lorfque nous reviendrons fur ce fujet, tenez-moi le langage d'une fœur, & je vous tiendrai
celui d'un frere.

CHARLOTTE.

Oüi, pour me dire que je fuis ré-
duite à la mifére. Que ne me le dites-
vous dès-à-préfent? Si j'ai pû fupporter
la ruine de tout ce qui m'eft le plus
cher au monde, la ruine d'une fœur &
de fon fils, j'aurai encore affez de force
pour fupporter la mienne.

D ij

BEVERLEY.

N'en parlons plus, je vous prie.... Vous me percez le cœur.

CHARLOTTE.

Encore si vous étiez le seul plongé dans la misére! Mais il faut que l'innocence la partage .... A quels excès il s'est livré! lui dont la maison étoit un séjour délicieux. Un Ange y habitoit. Un tendre réjetton y combloit ses désirs & son bonheur. Il étoit dans le Ciel, & il y a renoncé pour vivre avec des esprits infernaux.

BEVERLEY.

Épargnez-moi, vous dis-je. Vos reproches viennent trop tard Ils rouvrent mes plaies sans les guérir. Pour le bien que vous me redemandez, nous en parlerons demain. Nous serons plus de sang froid.

CHARLOTTE,

S'il n'existe plus, adieu donc toutes mes espérances. Je le destinois aux besoins d'une sœur. Mon cœur a passé tout entier dans le fien. Ses chagrins, fes amertumes me dévorent comme elle.... Je ne veux plus vous faire de reproches. Le Ciel peut difpofer de ce qu'il nous donne; & quand il le reprend, nos murmures font des crimes. Cependant que ce foit un mari, un frere, un père qu'il faffe l'inftrument de fa vengeance... Ah! que les coups en font fenfibles!

BEVERLEY.

Si vous êtes ma fœur, épargnez-moi ce fouvenir.... Il déchire trop cruellement mon cœur. Demain nous éclaircirons tout; & lorfque vous fçaurez tout ce que vous vous imaginez de fâcheux, vous verrez que vos craintes vous l'avoient exageré. Confolez ma femme. De mon côté, je veux lui faire oublier les chagrins que lui a donnés mon abfence. Nos affaires peuvent encore fe rétablir.

CHARLOTTE.

La voici qui vient.... Prenez un air

D iij

riant.....Une douleur comme la fienne
eſt pénétrante , & lit juſques dans
l'ame.

SCENE IX.

BEVERLEY, Mad. BEVERLEY, CHARLOTTE, LEWSON.

Mad. BEVERLEY.

(Se jettant au col de Beverley.)

Mon tendre ami !

BEVERLEY.

Mon cher cœur ! Comment vous trouvez-vous ? J'ai été un coureur, un li-
bertin.

Mad. BEVERLEY.

Mais je vous revois ; votre préſence
guérit tout. Les inquiétudes & les allarmes que j'ai reſſenties , je les oublie
toutes dans vos bras. Mon ami que
vous voyez ici (*en regardant Lewſon*)

a bien rempli en vérité tous les devoirs de l'amitié. Charlotte, c'est à vous à l'en remercier. Les remercimens de votre frere & les miens, seroient trop foibles.

Beverley.

Acquittons-nous cependant de la maniere dont nous le pouvons. Je vous remercie, Monsieur, & vous suis obligé. Je voudrois vous en dire davantage; mais les soins obligeans que vous avez pris de la femme, accusent la négligence du mari. S'il eût été sage, elle n'auroit pas abusé de vos bontés.

Lewson.

Elle ne l'a pas fait non plus. Elle a bien voulu accepter le peu que j'ai fait. En l'acceptant, elle l'a plus que payé.

Charlotte.

C'est ainsi que pense l'amitié.....

Mad. Beverley.

Elle double les obligations en voulant les cacher. Nous en parlerons une

D iv

autre fois . . . . Vous êtes penſif, mon ami.

BEVERLEY.

Oüi, j'ai des raiſons pour l'être.

CHARLOTTE.

Plût à Dieu que vous n'en euſſiez point, ou que vous les euſſiez en horreur !

BEVERLEY.

Je les déteſte auſſi . . . . L'avarice en eſt la ſource.

CHARLOTTE.

Qui vous y a entraîné ?

BEVERLEY.

Un ami ruiné, . . . ruiné par un excès d'amitié.

LEWSON.

Oüi, ruiné & plus que ruiné, déchiré comme il eſt, & perdu de réputation.... Ses richeſſes ne peuvent l'en relever.

BEVERLEY.

Ou ſi elles le pouvoient, je lui ai ôté ce moyen en les épuiſant. Il m'a fait entendre ce matin que Lewſon le

foupçonnoit. Quelles en font les raifons ?

LEWSON.

Les voici. J'ai connu ce Stukely au
Collége. Il étoit malin, fournois, avare
& méchant, lent à fes devoirs, mais
plein de feu pour trouver des faux-
fuyans & inventer de mauvais tours.
Il imaginoit des moyens de faire punir
les autres, & il fe difculpoit fi habilement, qu'au lieu de le châtier, on le
combloit de récompenfes & d'éloges.
Quand un enfant s'eft annoncé avec ce
caractère, fes vices fe fortifient nécef-
fairement avec l'âge. Je veux le mettre
à l'épreuve & le développer à vos yeux.
Jufques-là, tenez-vous fur vos gardes.
Je le connois, ainfi je vous confeille de
le fuir. (à *Beverley.*)

BEVERLEY.

Oüi, comme je voudrois fuir ceux
qui l'outragent. Vous faites un peu trop
l'important, Monfieur . . . .

Mad. BEVERLEY.

Non, non . . . . Vous voulez dire
qu'il fe trompe peut-être . . . . l'expreffion feroit plus douce.

LEWSON.

N'en parlons plus, Madame; je puiş
effuyer ce reproche fans en eftimer
moins le cœur d'où il part. C'eft avec
peine que je vous vois de tels amis.

(à Beverley.)

BEVERLEY.

Encore, Monfieur! mais je veux être
auffi patient que vous. . . . Vous l'outragez, Lewfon, & vous en ferez enfuite fâché.

CHARLOTTE.

Oüi, lorfqu'il fera prouvé que c'eft
injuftement. Le monde eft plein d'hy-
pocrites.

BEVERLEY.

Et Stukely en eft un . . . . C'eft fans
doute la conféquence que vous voulez en tirer . . . . Mais je ne veux plus
en entendre parler . . . . . Mon cœur

fouffre pour lui . . . . Je l'ai ruiné.

LEWSON.

On en parle autrement dans le monde.

BEVERLEY.

Le monde eft un impofteur . . . . J'ai un mot à vous dire, mon cœur. (*à Madame Beverley.*) Laiffons-les fe livrer à leur animofité.

CHARLOTTE.

Non, nous allons paffer dans une autre chambre. Venez de ce côté-ci, Monfieur. (*à Lewfon.*

LEWSON.

Il viendra un temps où mon ami me remerciera, & ce temps eft proche.

SCENE X,

BEVERLEY , Mad. BEVERLEY.

BEVERLEY.

ILs me pouffent à bout.... Stukely
eft-il donc un perfide ? Avons-nous fait
divorce avec la probité ? Ce feroit offenfer le Ciel que de le croire.

Mad. BEVERLEY.

Je n'ai jamais foupçonné Stukely.

BEVERLEY.

Non , vous êtes la bonté même. La
douceur & une patience inaltérable habitent dans votre cœur, ainfi que l'a-
mour le plus fidéle .... Pourquoi vous
ai-je ruinée ?

Mad. BEVERLEY.

Vous ne m'avez pas ruiné. Je ne
manque de rien quand je vous vois ; &
en votre abfence, je n'ai rien à défirer
que votre retour. Confolez-vous feu-

lement de vos malheurs passés, & mes richesses iront au-delà même des souhaits que forment les avares.

BEVERLEY.

Ma généreuse amie ! . . . Quand je m'en consolerois, le souvenir m'en sera toujours douloureux ; il attristera toutes mes pensées, & jettera sur le présent toutes les amertumes du passé. J'ai encore un mortel sujet de chagrin.

Mad. BEVERLEY.

Confiez - le-moi ; que j'en soulage votre cœur.

BEVERLEY.

Cet ami . . . ce généreux ami dont ils ont attaqué la réputation . . . Je l'ai ruiné aussi. Tant qu'il a eu de l'argent, il m'en a libéralement prêté, & maintenant une prison va devenir son partage.

Mad. BEVERLEY.
Une prison ! à Dieu ne plaise !

BEVERLEY.
Ce sont des actions & non des vœux

qu'il lui faut. Des défirs compâtiffans ne nourriffent pas le pauvre … Il faut faire quelque chofe.

Mad. BEVERLEY.

Hé bien , quoi ?

BEVERLEY.

Il n'y a qu'un inftant qu'il m'a dit dans l'amertume de fon cœur, que je l'avois ruiné ! Dans cette accablante penfée, puis-je fonger au bonheur ? Non , j'y ai renoncé pour tout le tems qu'il fera malheureux.

Mad. BEVERLEY.

Notre état peut changer ; alors nous ferons reconnoiffans. Cette efpérance eft une confolation.

BEVERLEY.

Oui, la guérifon que l'on promet à un Malade fait fa confolation ; mais il meurt entre les bras de ceux qui différent de le fecourir. Qu'y a-t-il ? (à Lucie qui entre , & lui remet une Lettre.)

LUCIE.

Je viens vous remettre cette Lettre.

(Elle fort.)

BEVERLEY.

'C'eſt l'écriture de Stukely. (*Il l'ou-*
vre, & la lit bas.)

Mad. BEVERLEY.

Vous annonce-t-elle de bonnes nouvelles ? Au moins je m'en flatte . . . .
Que dit-elle, mon cœur ?

BEVERLEY.

Elle n'en dit que trop pour me dé-
ſeſpérer. Cependant il me recommande
de ne vous en rien communiquer.

(*Il la lit tout haut.*)

» Je ne vous demande plus d'autre
» preuve de votre eſtime pour moi ,
» que de venir me voir promptement.
» Je me ſuis déterminé , depuis que
» nous nous ſommes quittés , à dire
» adieu à l'Angleterre ; aimant mieux
» renoncer à ma patrie, que d'y devoir
» ma liberté aux moyens dont nous
» avons parlé. Je vous demande le ſe-
» cret. Hâtez – vous de venir trouver
» votre ami ruiné ,

STUKELY.

Ruiné par l'amitié ! il faut ou réparer
ses pertes , ou le suivre.

Mad. BEVERLEY.

Le suivre , dites-vous ? Ah! me voilà
perdue !

BEVERLEY.

Cette passion infernale ! Dans quel
abysme elle m'a plongé ! Quelle diffé-
rence des plaisirs les plus vifs qu'elle
m'ait fait éprouver à ceux que je goû-
tois dans le sein de ma famille ! Et cependant avec quelle fureur je m'y suis
livré ! J'ai changé mes plus douces con-
solations en de mortels chagrins. J'ai
préféré les larmes à tes carresses, à ta
tendre amitié. O trop funeste aveugle-
ment !

Mad. BEVERLEY.

Calmez-vous , mon ami. Quels font
les moyens dont il est question dans la
Lettre ? Avez-vous.... Les avez-vous
ces moyens ? dites-le moi , & dissipez
mes allarmes. Je ne vis pas quand je
vous vois dans cet état.

BEVERLEY.

Non, non, cela ne fera pas. Je fuis le feul coupable, c'eft à moi feul à fouffrir. Vous devez réferver ces moyens pour fauver de la mifére mon fils & fa mere infortunée.

Mad. BEVERLEY.

Quels font ces moyens ?

BEVERLEY.

Je fuis venu pour vous en priver.... mais je ne puis.... Je n'ofe .... Ces Bijoux font votre unique reffource .... Je ferois un monftre de vous les demander.

Mad. BEVERLEY.

Mes Bijoux ! S'ils font un obftacle à la tranquillité de mon Epoux, ce font des bagatelles qui ne méritent pas qu'on en parle ; mais s'ils ont le pouvoir de la lui rendre, toutes les richeffes du monde n'ont rien qui leur foit comparable.

BEVERLEY.

O bonté qui m'accable ! que je me

trouve confondu par tant de vertus !

Mad. BEVERLEY.

N'en parlons plus, mon ami. Je les ai gardés en attendant l'occasion de m'en servir. Elle est arrivée. Je les sacrifie avec joie.

BEVERLEY.

Notre amour va donc faire désormais notre unique richesse. Tant de bonté m'attendrit jusqu'aux larmes. Cependant ce n'est pas trop faire pour un ami.... qui ne m'a rien refusé.

Mad. BEVERLEY.

Venez dans mon cabinet... Mais recommandez-lui de les ménager....; Nous n'avons plus rien à lui donner.

BEVERLEY.

Où avez-vous puisé, mon cœur, tant de perfections?.... C'est le Ciel lui-même qui s'est fait votre Maître : c'est le Ciel qui avec la beauté d'un Ange, vous a donné un caractère plus charmant encore & plus aimable. Que

je mérite peu mon bonheur ! Mais je
veux le mériter.

Plaifirs faux & trompeurs, pleins d'horreurs
     & d'allarmes,
Le repentir vous chaffe à jamais de mon
     cœur.
En vain, m'offritez-vous un appas enchan-
     teur :
Ma chere Beverley, je ne veux de bonheur,
Que celui d'adorer tes vertus & tes charmes.

Fin du second Acte.

ACTE III.

*La Scène se passe dans la maison de
Stukely.*

STUKELY, BATES.

STUKELY.

AINSI va le monde, Bates. Les
sots sont ordinairement dupes des gens
d'esprit & de tête. La nature en créant
les foibles agneaux pour les loups, n'a
pas voulu établir d'autre loi. Elle désa-
voue celles que la crainte & la po-
litique ont inventés. Elle n'en connoît que deux, la force & la ruse. La
force est la plus noble ; mais elle a ses
dangers ; tandis que la ruse, comme
un mineur habile, travaille sous terre
& sans péril.

BATES.

Et par conféquent eft plus prudente,
La force a befoin des plus puiſſans efforts. La rufe fe fuffit à elle - même.
Avec de l'adreffe un Pygmée fera chan-
celer un Géant.

STUKELY.

Et le renverfera par terre. Dreſſons
un Autel à la nature & foyons fes ora-
cles. La confcience n'eft qu'une foibleffe qu'a produit la frayeur, & que
la frayeur entretient. La crainte du
dèshonneur, les remords, des allarmes
imaginaires ont donné un corps à ce
fantôme. La nature ne le connoît point;
fes loix, c'eft la liberté.

BATES.

Excellente Doctrine ! que vous la
débitez éloquemment !

STUKELY.

Nous fommes fincères au moins, &
nous pratiquons ce quenous enfeignons,
pendant que de graves pédans qui en
difent autant ..., Mais venons à notre

affaire. Les Bijoux font vendus. Beverley fe retrouve en fonds. Il attend pour
fe rendre ici qu'on lui ait compté fon
argent. Si mes projets réuffiffent, ce
foir nous terminerons tout avec lui.
Allez chez vous & travaillez .... Vous
connoiffez la procédure, vous vous en-
tendez à faire un tranfport , & pouvez
rendre fa ruine infaillible.

B A T E S.

Il feroit plus fage de refter ici. Le
contrat de cette reverfion peut faire
du bruit.... Nous nous expofons. ...

S T U K E L Y.

Non, non, je cours à mon but,
Nous allons nous enrichir & nous amu-
fer. Vous ferez l'acheteur , & voilà de
quoi payer , (*en lui donnant un Porte-
feuille*,) il vous croit riche , & vous
le ferez. Actuellement cherchez des ti-
tres , & n'achetez qu'avec la plus grande réferve. Vous vous donnerez par-là
un air de probité.

B A T E S.

Mais s'il nous foupçonne ?

S T U K E L Y.

Repofez-vous-en fur moi. J'étudie le cœur humain, & connois les momens de profiter de cette étude. Allez chez vous, & fi nous y venons, que nous vous trouvions travaillant fur des papiers. Parlez de l'imprudence des hommes, de la fureur du jeu, & de la folie de notre fiécle. Vous avez une figure à prendre ce ton.

B A T E S.

J'ai auffi des preffentimens qui m'intimident. Nous pouffons les chofes trop loin. Mais je vous ai averti. Si tout cela finit mal, au moins vous penferez à moi. Adieu.

SCENE II,

STUKELY.

STUKELY.

CE Bates n'est méchant qu'à moitié. Il se mêle d'avoir une conscience. Il a des craintes & des remords. Je veux que ces remords même servent à mes projets. Quand il reste encore quelque pudeur à des scélérats, pour cacher leurs crimes, ils en commettent de nouveaux. Je tirerai parti de ses dispositions, ... Ce Lewson commence à m'inquiéter .... Il faut nous en défaire .... Il a les yeux trop perçans. Je vais faire à Beverley un conte qui sera vrai en partie .... Il demandera une explication à Lewson. Si elle se termine comme je le souhaite, tous mes vœux sont remplis : si elle ne produit rien, j'employerai d'autres moyens....

SCENE III,

Mais voici Beverley ; il faut diffimuler.

SCENE V.

BEVERLEY, STUKELY.

STUKELY.

REGARDONS à la porte. (*Il regar-* *de , & en voyant entrer Beverley , il pa-* *rcît effrayé.*) Ah c'eft mon ami ! Je crai- gnois d'autres vifites que la vôtre.

BEVERLEY.

Tenez , voilà de quoi calmer vos al- larmes. (*Il lui donne des Billets.*) Pre- nez-les , & ufez-en fagement. Nos af- faires font en mauvais état,

BEVERLEY,

Et vous laifferai-je ainfi fans reffour- ce ? Non, vos befoins font encore plus grands que les miens. Je puis trouver un fort plus heureux fous un autre cli- mat. Le traitement qui m'attendoit cette nuit me fait renoncer à celui-ci.

E

B e v e r l e y.

Dès-lors ces Billets vous feront né-
ceffaires.... Mais faut-il abfolument
que vous partiez ? Je puis avoir quelque
fecours encore; nous les ménagerons
& vivrons fagement.

S t u k e l y.

Non, je chercherois encore à vous
tenter; l'habitude eft devenue en moi
auffi forte que la nature. Ma ruine ne
peut me rendre plus fage, & même
dans ce moment je voudrois jouer :
quoiqu'inftruit par l'expérience comme
je le fuis, quoique je fçache que cette
reffource eft notre derniere, cependant
je brûle encore d'envie de tenter fortune... J'ai tort, j'en conviens....
Mais après tout, ce peu d'argent four-
nira-t'il à nos befoins ? Non fans doute ;
il faut donc le faire valoir. Je ne fçai
fi c'eft folie de ma part, ou un preffen-
timent d'heureux fuccès qui m'entraîne,
mais....

BEVERLEY.

Prenez cet argent. Puiffent vos vœux s'accomplir ! Pour moi je ne veux plus croire à ces preffentimens.

STUKELY.

Je me rends aux miens. Ils agiffent trop fortement fur mon cœur ... Mais vous êtes bien froid ... Nous allons donc partager ces Billets. Gardez en effet pour un meilleur ufage cette derniere reffource. Je n'y prétends rien. Cependant je vous remercie. Je vais tenter fortune tout feul. J'ai oublié une chofe ....

BEVERLEY.

Quelle eft-elle ?

STUKELY.

Peut-être euffai - je mieux fait de l'avoir oubliée. Mais je fuis franc & ouvert , & jaloux furtout de l'honneur de mon ami . ... Lewfon fe donne carriere fur votre compte.

E ij

BEVERLEY.

Je sçai qu'il en fait autant sur le vôtre,

STUKELY.

Je puis lui pardonner pour moi ; mais j'en suis outré pour mon ami,

BEVERLEY,

Que dit-il de moi ?

STUKELY.

Que le bien de Charlotte est dissipé...., Il le dit tout haut.

BEVERLEY,

Je lui imposerai silence.....Comment le sçavez-vous ?

STUKELY.

De plusieurs personnes. Il a questionné Bates à ce sujet. Nous avons, dit-il, à compter ensemble, en parlant de vous,

BEVERLEY,

Ce sera lui plutôt qui aura à compter avec moi , & bientôt.

STUKELY.

Parlez-lui fans aigreur : Il faut ufer
de ménagemens.

BEVERLEY.

J'y penferai .... Mais où allez-vous ?

STUKELY.

Je vous le dirai, fi la fortune change.
Je brave actuellement la pauvreté & la
prifon.

BEVERLEY.

Puiffiez-vous être heureux ! (*En lui
offrant les Billets qu'il refufe.*) Ils font
à vous .... Je n'en veux rien garder,
je l'ai juré .... Prenez-les, & fervez-
vous-en.

STUKELY.

Je veux les partager. Je fuis trop
touché de voir mon ami ruiné, ainfi
que fa famille. Je veux que mes intérêts & les fiens foient communs. Il faut
nous relever enfemble du précipice où
nous fommes tombés enfemble. Mon
cœur, mon honneur, mon amitié,
tout le veut.

E iij

BEVERLEY.

Je suis las d'être le jouet de la fortune.

STUKELY.

Et moi aussi.... partons donc ... J'étoufferai ces pressentimens d'heureux succès ; je les oublierai comme une folie .... Dans cet embrassement recevez mes adieux. (*Il veut l'embrasser.*)

BEVERLEY.

Non , arrêtez un instant ..... Que mon cœur est agité ! J'ai ces pressentimens aussi. Mais je ne sçai si c'est vous qui me les inspirez, ou si c'est mon bon ou mauvais destin qui les fait naître. Le sort qui m'attend va m'en instruire....; Mais cependant ma femme ....

STUKELY.

Hé bien votre femme , il faut vous attendre à ses reproches.

BEVERLEY.

Non , voilà d'où ils partiront tous; (*En montrant son cœur.*)

STUKELY.

Je ne veux point vous perfuader.

BEVERLEY.

Je le fuis par la plus forte des raifons, la néceffité. O ! fi je pouvois recouvrer le bonheur que j'ai perdu, le
Ciel m'abandonneroit à ma derniere
heure, je n'en puis douter, fi j'étois
capable de rentrer dans cette indigne
carriere, & de facrifier à l'avarice &
à l'infamie, la tranquillité, la joie &
la tendreffe de ma famille.

STUKELY.

J'ai pris la même réfolution ; & puifque nos motifs font fi honnêtes, pourquoi nous défierions-nous du fuccès ?

BEVERLEY.

Venez donc . . . . où nous trouve-
rons-nous ?

STUKELY.

Chez Wilfon. Cependant fi vous avez
quelques remords, ne me fuivez point.
Je vous ai fouvent féduit.

BEVERLEY.

Nous nous sommes séduits l'un &
l'autre .'.... Mais venez. La fortune est
volage : elle est peut être lasse de nous
persécuter. .... Livrons-nous à cette
espérance.

STUKELY.

Cependant faites quelques réflexions.

BEVERLEY.

Je ne puis .... La réflexion ajoûte
à mes chagrins.

Lorsque le désespoir aveugle nos esprits,
En vain de la raison le flambeau nous éclaire :
L'homme prudent échoue, où l'heureux té-
    méraire
Voit ses vœux insensés par le sort accomplis.

SCENE IV.

La Scene se passe dans la maison de Beverley.

Mad. BEVERLEY, CHARLOTTE.

CHARLOTTE.

C'ÉTOIT un indigne projet concerté entr'eux. Je n'y reconnois pas mon frere.

Mad. BEVERLEY.

Non, je suis sûre du contraire . . . . Stukely est honnête homme, je sçai bien qu'il est. . . . Cette passion les a aveuglé tous les deux.

CHARLOTTE.

Mais surtout mon frere, & sans espérance de l'en voir revenir. Vous êtes trop foible . . . . Un conte fait d'un ton plaintif, quelques mots flatteurs & caresf... il n'en faut pas davantage pour

E v

subjuguer votre ame. Dans le siécle où
nous sommes, l'on est dupe avec un
caractère tel que le vôtre. Si je m'é-
tois trouvée avec vous, il vous auroit
plutôt demandé la vie que vos Bijoux.

Mad. BEVERLEY.

Je la lui aurois également donnée.
(*Elle dit ces paroles avec une extrêm*
vivacité.) Je ne vis que pour l'obliger
Toute femme qui aime & qui est aimé
comme je le suis, n'en fera pas moins
Les hommes vont plus loin pour leur
Maîtresses, & les femmes pour de là
ches imposteurs. Une épouse auroit-ell
moins de courage ? Vos réproches m'of
fensent, Charlotte.

CHARLOTTE.

Ils viennent trop tard : peut-être au
roient-ils pû vous sauver. Ce procéd
de mon frere est-il supportable ?

Mad. BEVERLEY.

Il faut s'en prendre à l'amitié. L'éta
d'un ami lui déchiroit le cœur.

CHARLOTTE.

Oui, d'un ami qui l'a trahi.

Mad. BEVERLEY.

N'en parlez point ainſi, je vous prie.

CHARLOTTE.

Demain je compte avec mon frere.

Mad. BEVERLEY.

Vous ferez contente, j'en ſuis ſûre.

CHARLOTTE.

A moins que les beſoins d'un ami....
Je ne me poſſéde pas, ma ſœur ! Cet
ami mérite toutes nos malédictions.

Mad. BEVERLEY.

Beverley en parle avantageuſement.

CHARLOTTE.

Lewſon le connoît mieux .... Mais
je vois que ces propos vous chagrinent.
Nous ferons mieux inſtruites demain.

Mad. BEVERLEY.

Eh bien donc, attendons à demain.
Je n'aime à penſer déſavantageuſement
de qui que ce ſoit.

E vj

CHARLOTTE.

Ni moi non plus, mais la conviction . . . . Cependant nous pouvons efpérer des jours plus fereins. Mon Oncle
eſt infirme , & d'un âge qui menace à
toute heure . . . . . D'ailleurs s'il vit, il
fera touché de vos malheurs ; vous ne
les avez pas mérités , & il n'a jamais
eu à ſe plaindre de vous.

Mad. BEVERLEY.

Cela eſt vrai, c'eſt ce qui fait ma
confolation. Nous n'avons plus rien à
perdre ; & ſi ce que nous avons perdu
peut nous faire recouvrer la prudence
& la fageſſe , nous ne les aurons point
achetées trop cher.

CHARLOTTE.

Vous pouvez tout efpérer auſſi de mon
cher Lewſon. Tant que nous vivrons
l'un & l'autre , nous partagerons avec
vous notre fortune . . . . Mais le voici.

SCENE V.

Mad. BEVERLEY, CHARLOTTE, LEWSON.

CHARLOTTE.

NOUS parlions de vous.

LEWSON.

Je ne pouvois donc rien faire de mieux que de vous interrompre. Peu de perfonnes font en état de foutenir un examen de leur conduite. Lorfque les mauvaifes qualités l'emportent fur les bonnes, il eft à fouhaitter qu'on ne parle point de vous. Que difiez-vous, Madame ? (*à Charlotte.*)

CHARLOTTE.

Je difois que pour être femme je n'en aimois pas plus la médifance. voilà pourquoi je parle rarement de vous.

Mad. BEVERLEY.

Ou plutôt elle difoit avec encore plus
de vérité que pour être femme, elle n'en
aime pas moins à louer.... Voilà
pourquoi elle parle toujours de vous.
Je vous laiffe terminer ce petit diffé-
rend.

SCENE VI.

CHARLOTTE, LEWSON.

LEWSON.

QU'ELLE eft aimable cette Madame
Beverley! Je fuis venu exprès pour vous
parler d'affaires qui vous regardent.

CHARLOTTE.

De quelles affaires ?

LEWSON.

Répondez d'abord fincérement à ce
que je vais vous demander.

CHARLOTTE.

J'y confens ;.. mais vous m'allarmez.

LEWSON.

Je prends peut-être un ton trop férieux ; mais affurez-vous que je n'ai rien à vous dire qui me faffe de la peine, & qui puiffe par conféquent vous en faire.

CHARLOTTE.

Vous me tranquillifez.... propofez-moi donc votre queftion.

LEWSON.

Une longue & ennuyeufe année s'eft déja paffée, depuis que m'ouvrant un cœur tendre & fincere, vous m'avez dit, je vous aime.

CHARLOTTE.

Quoi donc cette année vous a-t-elle paru fi ennuyeufe ?

LEWSON.

Lorfqu'en conféquence d'un aveu fi charmant, je vous ai preffé de me donner la main, vous m'avez obligeamment affuré que vous ne vouliez vivre que pour moi.

CHARLOTTE.

Me croyez-vous donc changée?

(*d'un ton chagrin.*)

LEWSON.

Non sans doute. Cent fois je vous ai prié d'accomplir votre promesse; mais des chagrins domestiques, la ruine d'un frere & d'une sœur ont été les raisons qui vous ont fait differer.

CHARLOTTE.

Je n'en avois point d'autres. Finirez-vous bientôt?

LEWSON.

Tout à l'heure.

CHARLOTTE.

Voyons donc.

LEWSON.

On regarde ordinairement comme un engagement sacré une promesse telle que la vôtre, donnée surtout librement & sans contrainte : mais je pense autrement.

CHARLOTTE.

Voudriez-vous le rompre?

LEWSON.

Vous êtes trop prompte, Madame.
(*avec vivacité.*)

CHARLOTTE.

Calmez-vous vous-même , & continuez.

LEWSON.

Le tems & une connoissance plus par-
ticuliére de mes défauts pourroient
vous avoir fait changer.... Si vous l'ê-
tes , ou si vous avez souhaité seulement
un instant que cette promesse fût sans
effet , je vous la rends dans ce moment
même .... Voilà donc ma question , &
je vous prie de m'y répondre avec autant de franchise que je vous la fais.
Vous êtes - vous repentie de cette promesse ?

CHARLOTTE.

Arrêtez , Monsieur. Tout homme capable de me soupçonner , me trouvera
changée. D'où viennent ces doutes ?

LEWSON.

Ils ne partent que de moi-même. J'ai

mes défauts , & vous avez pû les remarquer. Si mon caractere , mes dif-
cours & mes actions vous ont donné
de moi des idées défavantageufes, s'ils
vous ont fait naître le défir de vous fé-
parer de moi , regardons comme nul
tout ce qui s'eft paffé.

CHARLOTTE.

Vous m'étonnez.... Mais , dites-moi..;
Je veux que vous me répondiez le premier. Eft-ce l'honneur qui vous prête ce
langage, ou le défir de me voir changée ?

LEWSON.

Le Ciel m'eft témoin que non. Ma
vie & ma chere Charlotte font tellement liées enfemble que perdre l'une ,
ce feroit perdre l'une & l'autre. Cependant , malgré votre promeffe faite de
l'aveu de votre cœur, & regardée comme un engagement , fi le tems , ou le
hazard , ou la raifon , vous avoit fait
changer de fentiment, je vous difpenfe
de la tenir.

CHARLOTTE.

Eh bien, je vais vous répondre. Vos doutes font des Prophéties. Je fuis réellement changée.

LEWSON.

En vérité !

CHARLOTTE.

Je pourrois vous rendre les inquiétudes que vous m'avez données, mais mon caractere s'y refufe.... Je conviens que je fuis changée. En effet, ce qui n'étoit d'abord qu'inclination chez moi, eft devenue raifon ; & cette raifon a pris tant d'empire fur mon cœur, que fi j'étois la plus riche, ou même la plus pauvre des femmes, fuffiez-vous réduit à la derniere indigence, n'euffiez-vous qu'une cabane à m'offrir.... je voudrois être à vous, & me croirois la femme la plus heureufe.

LEWSON.

Mon aimable Charlotte ! (*en lui baifant la main.*) des remercimens font trop foibles pour vous exprimer ma vive reconnoiſſance. Mais ſi nous nous aimons ſi tendrement , pourquoi diffé-rer notre union?

CHARLOTTE.

Pour la faire dans des tems plus heureux. Nous nous trouvons actuel-lement dans des circonſtances trop fâ-cheuſes.

LEWSON.

Je puis avoir des raiſons qui ne nous permettent plus de différer.

CHARLOTTE.

Quelles ſont-elles ?

LEWSON.

Ce ſont des raiſons invincibles & ſans replique.

CHARLOTTE.

Dites-les-moi donc promptement.

LEWSON.

Non , Madame ; mon honneur & mon amour me forcent à faire d'abord mes conditions. Les tendres aſſurances que vous venez de me donner m'affligent en même tems qu'elles me charment. Je crains de vous perdre.

CHARLOTTE.

Ciel ! que voulez-vous dire ?

LEWSON.

Promettez-moi d'abord que demain ou après demain vous ferez à moi pour toujours,

CHARLOTTE,

Eh bien ! je le promets, malgré la misere qui nous attend,

LEWSON,

Enfin, je vous poffede ; vous êtes à moi, vous me rendez le plus heureux des hommes.

CHARLOTTE.

C'est ainfi que je fcelle ma promeffe. (*elle l'embraffe.*) Votre fecret maintenant, Monfieur.

LEWSON.

Votre bien eft perdu.

CHARLOTTE,

Mon bien perdu.... Je prendrai donc des fentimens conformes à mon état.

Mais étoit-ce pour cela que vous exigiez ma promesse ? Que de noblesse & de générosité ! D'où sçavez-vous ces mauvaises nouvelles ?

LEWSON.

De Bates, le premier Agent de Stukely. Je l'ai obligé, il est reconnoissant.... Il m'a conseillé en ami de me tenir sur mes gardes avec ma chere Charlotte.

CHARLOTTE.

Ce procédé est honnête de sa part; je lui en sçais bon gré.

LEWSON.

Il en sçait beaucoup plus qu'il n'en a dit.

CHARLOTTE.

J'en sçais bien assez. Je suis vivement reconnoissante d'un amour aussi généreux que le vôtre ; mais vous m'obligerez encore plus, si vous m'accordez un peu de tems.

LEWSON.

Pourquoi ce tems ? Ce fera différer notre bonheur.

CHARLOTTE.

J'ai des devoirs à remplir avant. Il faut que j'étouffe le peu d'orgueil que ce bien m'avoit donné. Lorſque je le poſſédois, notre fortune étoit égale, & nous pouvions également contribuer à notre bonheur réciproque. Mais actuellement tout eſt changé ; & je n'ai point appris à me former l'idée d'une vie toute chargée d'obligations.

LEWSON.

Elles feront toutes de mon côté. Vous penſez trop noblement.

CHARLOTTE.

Laiſſez-moi faire quelques réflexions à ce ſujet.

LEWSON.

Vous fixerez donc demain mon bonheur ?

CHARLOTTE.

Je ferai tout ce que je pourrai.

LEWSON.

Vous n'avez plus à héfiter, puifque
nous ne vivons que l'un pour l'autre.
Gardez mon fecret : nous en fçaurons
davantage demain quand nous nous re-
verrons.... Adieu.

SCENE VII.

CHARLOTTE.

CHARLOTTE.

MA pauvre fœur ! Qu'elle fera
fenfible à cette nouvelle ! Mais je
veux la lui cacher, & ne lui donner
que des confolations.

SCENE

SCENE VIII.

Elle se passe dans une Salle de jeu.

BEVERLEY, STUKELY.

BEVERLEY.

Où voulez-vous me mener?

(*d'un ton furieux.*)

STUKELY.

Dans un endroit où nous puissions donner un libre cours à nos imprécations.

BEVERLEY.

Oui, contre vous-même & contre ces funestes conseils qui m'ont perdu. Vous aviez l'enfer dans le cœur, & vous l'avez déchaîné tout entier pour me séduire.... Autrement j'aurois pu résister.

STUKELY.

Continuez, Monsieur, je mérite bien ces reproches.

F

BEVERLEY.

Oüi, & des malédictions éternelles....
Tout le tems de ma vie n'y suffiroit pas.

STUKELY.

Qu'ai-je donc fait ?

BEVERLEY.

Ce que vous avez fait ! Ce que feroit le plus furieux des efprits infernaux.
Vous m'avez entraîné par de faulles ef-
pérances dans une ruine certaine.

STUKELY.

Sans en avoir fouflert moi-même,
ou bien peut-être encore en ai-je été
charmé.... Voilà ce que difent vos
reproches. Oüi, dites-le dans le monde. Je fuis trop pauvre pour y trouver un ami.

BEVERLEY.

Un ami! qui feroit-ce? J'en avois un.

STUKELY.

Vous l'avez toujours.

BEVERLEY.

Oüi, voilà ce que je dois à cet ami.
Il m'a trouvé le plus heureux des hom-

mes. L'honneur & la fortune verſoient ſur mes jours les plaiſirs & la joie : l'amour & la paix habitoient dans mon cœur. Il y a découvert le germe d'une paſſion. Ses perfides conſeils l'ont nourri , développé. D'une étincelle il a fait naître un incendie, dont les flammes m'ont dévoré. Voilà les preuves que j'ai de votre amitié.

STUKELY.

Vous en avez peut-être de mieux marquées.... un ami qui , pour vous ſauver , s'eſt dépouillé de ce qu'il poſſédoit , & qui ne pouvant y réuſſir , a voulu périr avec vous.... Mais n'en parlons plus , je vous ai ruiné , je ſuis un miſérable.

BEVERLEY.

Non , je penſe autrement. Les miſérables ſont dans cette chambre.

(*En montrant une chambre voiſin* .)

STUKELY.

De qui parlez-vous ?

BEVERLEY.

De Dawson & des autres .... Nous avons été dupes d'une troupe de scélérats.

STUKELY.

Comment le sçavez-vous ? J'ai eu des soupçons comme vous. Mais comme la fortune changeoit, je rougissois ensuite de ces soupçons .... Mais vous avez des preuves peut-être ?

BEVERLEY.

Oiii, j'en ai & de bien cruelles. Pertes sur pertes, malheureux toutes les nuits, sans aucun retour de fortune .... Le hazard n'y entre pour rien.

STUKELY.

Je pense plus charitablement ; cependant je suis ombrageux & défiant. Ce Dawson & les autres ont une bonne réputation. D'ailleurs nous les avons veillés de trop près. Mais c'est le privilége de ceux qui perdent d'accuser ceux qui les gagnent .... Nous aurons le courage de n'en point user.

BEVERLEY.

Je ne fçais que penfer. Cette nuit
m'a aigri à un point.... Ma réputation
en eft fi flétrie.... J'ai engagé mon
honneur à ces furies ; je n'ai joué que
fort peu fur ma parole : mais ces miſérables en ont bientôt été las. Ils me
fuyent à préfent pour en dépouiller
d'autres. Que dois-je faire ?

STUKELY.

Rien. Mes confeils vous ont été funeftes.

BEVERLEY.

Sur mon ame, je ne furvivrai pas à
cette infamie.... Traître ! C'eft vous
qui m'y avez plongé. (*Il le prend au*
collet.) Trouve-moi quelque reſſource,
ou je t'enfonce un poignard dans le
cœur , pour m'en percer après moi-
même.

STUKELY.

J'y confens ; du moins ne verrai-je
plus un ingrat.

BEVERLEY.

Oublie, je t'en prie, cette fureur.... Je ne me connois plus.... La rage & le défefpoir me tranfportent, je ne fuis plus qu'un frénétique. Je détefte ma maifon. ... Je n'y retournerai pas. Parle vîte; dis-moi fi dans mon naufrage il me refte une feule efpérance? Trouve-m'en, & fois mon Oracle.

STUKELY.

Oüi, pour me charger d'imprécations.... Vous m'en avez affez accablé. Ne prenez confeil que de vous feul. S'il fe préfente à votre efprit quelque réfolution défefpérée, elle ne peut manquer de convenir à votre état. Pour moi, je n'ai rien à vous confeiller.

BEVERLEY.

Eft-ce là l'efpérance que vous me donnez? Eh bien, quelque funefte qu'elle foit, je m'y livre fans réferve. Je fuis tellement abîmé dans la mifére, que je ne puis être plus malheureux.

STUKELY.

Vous avez un oncle.

BEVERLEY.

Eh bien, que s'enfuit-il ?

STUKELY.

La tempérance fait vivre longtems les vieillards, pendant que l'attente féche & confume leurs héritiers.

BEVERLEY.

Que voulez-vous dire ?

STUKELY.

Que le bien de cet oncle vous revient, & vous fournira de quoi payer vos dettes.... Il pourra même réparer vos pertes.

BEVERLEY.

Ou bien réduire mon fils à l'indigence.

STUKELY.

Eh ! que deviendra fon pere ? Un homme deshonoré, qui fe fera engagé pour des fommes qu'il ne pourra payer.... Vous devriez penfer à cela.

F iv

BEVERLEY.

C'eſt ce qui fait ma honte.... & dé-
vore mon cœur d'amertumes. Où irons-
nous ? A qui nous adreſſerons-nous ?
Je ne me poſſéde pas , juſqu'à ce que
tout ſoit perdu.

STUKELY.

La fortune peut encore vous rendre
tout.... Bates eſt votre homme. Il a
de grands fonds en main. Il en uſera
honnêtement avec vous.

BEVERLEY.

Ma réſolution eſt priſe.... Dites-
leur là-dedans que nous allons les trouver tout à l'heure avec des bourſes bien
garnies.... Venez, ſuivez-moi.

STUKELY.

Non , je ne veux y entrer pour rien,
ni vous donner de conſeils.... Faites
ce que vous jugerez à propos , & ſui-
vez vos idées. Vous me trouverez chez
moi.

BEVERLEY.

Quoi qu'il puiſſe arriver , je vais ten-

ter cette nuit tout ce que j'imaginerai
de pis. Dans l'état affreux où je fuis
on perd toute crainte.

SCENE IX.

STUKELY.

STUKELY.

EH bien! perds-la donc pour toujours.... La crainte eſt le tourment
le plus cruel de l'eſprit, & la plus grande preuve de l'amitié eſt d'en affranchir
un ami.... Sa fortune eſt donc à moi ;
mais qu'il eſt riche encore! Il poſſéde
un tréſor ineſtimable dans le cœur & la
tendreſſe de ſa femme. Je veux l'en
dépouiller auſſi. Mais j'ai des obſtacles
à vaincre, & c'eſt-là le ſupplice des
hommes qui penſent. Il n'y a que les
ſots qui ſoient heureux avec les femmes. Comme ils ne craignent pas de:

dangers qu'ils ne voyent point, ils at-
taquent, & la conſtance de leurs efforts
eſt enfin récompenſée. Cependant, le
ſecours d'un conte habilement fait
pourroit peut-être.... Charlotte eſt
quelquefois abſente. J'ai déja jetté
quelques ſemences de jalouſie ; ſi je ne
me trompe, elles ont pris racine. Voici
le tems de les mûrir & d'en recueillir
le fruit. La plus douce des femmes ,
quand ſon amour eſt trahi, ou quand
elle ſe perſuade qu'il l'eſt, court à la
vengeance comme une furie.... Je vais
ſur le champ chez Madame Beverley....
Ne penſons point au danger.... Quand
la beauté nous guide, la réflexion eſt
une folie , & la crainte une lâcheté.

SCENE X.

Elle se passe dans la maison de Beverley.

Mad. BÉVERLEY, LUCIE.

Mad. BEVERLEY.

CHARLOTTE vous a-t'elle dit quelque chose ?

LUCIE.

Non , Madame.

Mad. BEVERLEY.

Elle m'a parue accablée de chagrin ; elle m'a dit avoir quelque affaire avec Lewson , & lorsque je l'ai pressée de m'en faire part , elle ne m'a répondu que par des larmes.

LUCIE.

Elle est sortie avec beaucoup de précipitation ; mais à son retour elle peut vous apporter des nouvelles consolantes.

F vj

Mad. BEVERLEY.

Non, ma chere enfant ; je ne fuis
pas née pour être heureufe . . . . Mais
pourquoi te fais-je partager mes chagrins ? Ton cœur compâtiffant eft trop
vivement affeƈté de mes peines. Pourquoi faut-il que ta maîtreffe infortunée
ne puiffe t'en récompenfer ? Mais il eft
dans le Ciel un Etre bienfaifant qui
voit ton cœur & le mien. Ta récompenfe eft entre fes mains. Pour flatter
mes ennuis, répete-moi, je t'en prie,
la chanfon que tu chantois la nuit derniére. Elle convient à mon changement
de fortune. J'y trouve un fonds de trif-
teffe qui me la fait aimer.

LUCIE.

Je crains qu'elle n'ajoute à vos peines . . . . . Votre bonté, Madame,
m'arrache des larmes . . . . . Je vais les
effuyer & vous obéir.

CHANSON.

Quand Damon à mes pieds, par de tendres
    efforts,
Me preſſoit de répondre à ſon ardeur ſincere;
Que mon cœur ſe livroit à d'aimables tranſ-
    ports !
     L'Echo ſenſible & le Bois ſolitaire;
Témoins de nos plaiſirs, répétoient nos ſer-
    mens;
     Les jours n'étoient que des momens.
Vaine félicité! que tu fus paſſagere!

          ❈❈❈

Dès que l'ingrat ſe vit aſſuré de mon cœur,
Il alluma bientôt une flamme nouvelle;
Les dédains, mes remords, l'opprobre & la
    douleur
     Furent le prix d'un amour trop fidele.
Mais le Ciel vengera l'innocent outragé;
     Et ſa tendreſſe paternelle
Rappellera la joie au ſein de l'Affligé.

    Mad. BEVERLEY.

Je te remercie, Lucie .... Graces
au Ciel, mes chagrins ſont d'une autre
nature. Cependant Stukely veut m'inſ-
pirer des ſoupçons ..... Il parle de
certains bruits .... Je veux qu'il s'ex-

plique..... Ecoutons ; il entre quelqu'un.

LUCIE.

C'eft peut-être mon Maître, Madame. (*Lucie fort.*)

Mad. BEVERLEY.

Puiſſe-t'il ne lui être arrivé rien de fâcheux, & je ſuis contente. (*Elle va à la porte & prête l'oreille.*) Non, ce n'eſt pas là ſa voix ; elle eût retenti juſqu'au fond de mon cœur. *Lucie rentre.* Qui eſt-ce, Lucie ?

LUCIE.

C'eſt M. Stukely, Madame.

(*Elle ſort.*)

SCENE XI.

Mad. BEVERLEY, STUKELY.

STUKELY.

JE suis charmé, Madame, de vous trouver seule. Les visites indiscrettes n'ont pas besoin d'excuse, quand l'amitié en est le motif.... Aussi ne vous en ferai-je aucune.

Mad. BEVERLEY.

Que voulez-vous dire, Monsieur ? Où est donc votre ami ?

STUKELY.

Les hommes peuvent avoir des secrets, Madame, qu'ils cachent à leurs meilleurs amis. Nous nous sommes quittés ce matin pour ne nous revoir de long-tems.

Mad. BEVERLEY.

Vous voulez donc nous quitter, Monsieur, & renoncer à votre patrie ?

Je connois vos raiſons , & ſuis tou-
chée de vos malheurs.

S t u k e l y.

C'eſt ce ſentiment , Madame , qui
vous a ruinée. Beverley devoit-il en abu-
ſer à ce point ! Cette Lettre n'eſt point
de moi. Il s'eſt ſervi de cet indigne
moyen pour vous dérober vos bijoux.

Mad. B e v e r l e y.

C'eſt impoſſible. D'où viendroit-elle
donc ?

S t u k e l y.

Je ne ſçais ; mais j'en ſuis ſi outré ,
que je ne veux vous rien cacher . . . .

Mad. B e v e r l e y.

Parlez donc , & tranquilliſez-moi.
Vous m'avez allarmée tantôt. Il court
de certains bruits , m'avez-vous dit....
Qui les fait courir ? Vous m'avez con-
ſeillé de n'y point croire. Mais enfin,
Monſieur , quels ſont ces bruits ?

S t u k e l y.

Ils ne m'ont paru qu'autant de fauſſe-
tés , Madame , & en vous avertiſſant ,

je voulois en prévenir l'effet, de crainte qu'on ne les portât jusqu'à vous, en y ajoûtant encore d'autres noirceurs.

Mad. BEVERLEY.

Continuez, Monſieur.

STUKELY.

Je le dois, Madame, à ma réputation & à la vôtre. Nous ſommes outragés l'un & l'autre.

Mad. BEVERLEY.

Outragés ! Comment, & par qui ?

STUKELY.

Par votre époux mon ami.

Mad. BEVERLEY.

Vous voudriez donc nous venger tous les deux ? Mais ſçachez, Monſieur, que je n'ai beſoin de perſonne pour venger mes injures. Elles ne regardent que moi.

STUKELY.

Vous êtes trop prompte, Madame. Je ne viens point dans le deſſein de me venger, mais de vous faire ſçavoir.... Vous m'avez cru pauvre, & vous vous

êtes défait de vos bijoux sur les besoins
suppofés d'un ami.

Mad. BEVERLEY.

Je les ai donnés à mon époux.

STUKELY.

Qui les a donnés à...,

Mad. BEVERLEY.

Quoi ! à qui les a-t'il donnés ?

STUKELY.

A fa Maîtrefſe.

Mad. BEVERLEY.

Cela n'eſt pas ; j'en jure fur ma vie.

STUKELY.

Il m'en a fait l'aveu lui-même , en
maudiſſant en même tems l'avarice de
cette Maîtrefſe.

Mad. BEVERLEY.

Je n'en veux rien croire.... Il n'a
point de Maîtreſſe.... ou s'il en a ,
pourquoi me le dire ?

STUKELY.

Pour vous mettre en garde contre ſes
indignes procédés, il m'a dit que , pour
engager votre complaiſance à ce ſacri-

fice, il avoit inventé cette Lettre, suppofant que j'étois ruiné & par lui-même. L'artifice a réussi ; & ce qu'une épouse crédule & sensible a crû donner à la pitié, n'a servi qu'à la débauche.

Mde. BEVERLEY.

C'est-là le coup de ma mort. Ma douleur est au-dessus de mes forces... J'ai souffert ses folies sans me plaindre ; j'ai vû, sans répandre une larme, les approches de la pauvreté..... Ma tendresse, mon amour me soutenoient contre les plus cruelles épreuves.

STUKELY.

Calmez vous, Madame.

Mde. BEVERLEY.

Me calmer ! l'ingrat ! le barbare ! Pense-t il donc abuser de ma tendresse pour me déchirer le cœur impunément ? Mais il éprouvera que des outrages aussi sanglans peuvent armer ma foiblesse de toute la force de la fureur & de la vengeance.

STUKELY.

(*A part.*) Enfin donc je puis efperer :
La vengeance eft entre vos mains.

Mde. BEVERLEY.

Quelle vengeance ?

STUKELY.

Pardonnez-moi , Madame , fi mon
zéle à vous fervir m'expofe à vous dé-
plaire.... Penfez à votre malheureux
état. L'indigence vous affiége déja.
Vous promettez-vous affez de fermeté
pour la foutenir , pour voir votre fils
fans reffource , & dépouillé des droits
de fa naiffance , pour voir une fœur
pleurer en vain la perte de fa fortune ,
abandonnée vous - même à la pitié fté-
rile de quelques-uns , & au mépris in-
fultant du plus grand nombre.

Mde. BEVERLEY.

Suis-je donc fi dépourvue de toutes
reffources ? Quelle eft cette vengeance
dont vous me parlez , Monfieur ?

STUKELY.

Il ne vous faut que de la réfolution

pour l'affurer. La foi du mariage, une fois violée, eft rompue dans le Ciel..... Pourquoi frémir, Madame ? Écoutez-moi. Vous êtes dans le printems de votre âge. Le tems, malgré vos chagrins, n'a point encore flétri l'éclat de vos charmes.... Faites donc un prudent ufage de votre beauté.... Les outrages d'un barbare vous rendent à vous-même : fuyez-le, pour vous donner au plus tendre des hommes.

Mde. BEVERLEY,
Quel eft-il ?

STUKELY.
L'ami d'un malheureux : un téméraire, qui bravant ces regards terribles & foudroyans, ofe encore vous dire qu'il vous aime.

Mde. BEVERLEY,
Puiffent ils te confumer comme la foudre ! Suis-je donc devenue fi méprifable ? La pauvreté m'a-t'elle humiliée au point qu'il me faille écouter ces offres déteftables, & vendre mon hon-

neur pour du pain ? L'infame ! le fcélérat !.... Mais je te connois à préfent , & te fçais gré de t'être fait connoître.

STUKELY.

Si vous êtes prudente , vous avez des remercimens à me faire.

Mde. BEVERLEY.

Un époux outragé fe chargera de ma reconnoiffance.

STUKELY.

Sçachez, femme orgueilleufe , que j'ai un cœur auffi hautain que le vôtre, auffi fier , auffi impérieux, outré dans fa haine comme dans fon amour.

Mde. BEVERLEY.

Miférable ! je te méprife autant que tes menaces. Voilà d'où part la perfidie de Beverley. Et moi , femme trop crédule , aveuglée par le défefpoir , aveuglée par la vengeance , j'abandonnois mon honneur à un fcélerat Mais il te connoîtra , redoute fa fureur.

STUKELY.

Eh bien ! mettez-lui les armes à la
main. Dites-lui que j'aime sa femme,
mais qu'un indigne époux s'oppose à
notre union. Je vous en déferai pour
rendre mes feux légitimes.

Mde BEVERLEY.

Le lâche ! sa vûe te glacera d'effroi.
Cependant, dans la crainte de ce qui
pourroit arriver, je veux bien t'épar-
gner. Garde ton secret, & sors de de-
vant moi. Qui est là ? (*Lucie entre*)
Vous me feriez plaisir de vous retirer,
Monsieur.

STUKELY.

Je vous obéis, Madame.

(*Il sort avec Lucie.*)

Mde. BEVERLEY.

Comment la terre ne s'ouvre-t'elle
pas pour engloutir ce monstre ! Que sa
conscience soit son bourreau, jusqu'à
ce que le Ciel, dans sa miséricorde, lui
envoye le repentir, ou le foudroye dans

ſa juſtice. (*Lucie rentre.*) Viens dans ma chambre, Lucie ; ce que j'ai à te dire te fera donner des larmes aux malheurs de ta Maîtreſſe.

Mais le Ciel venge enfin les pleurs de l'inno-
    cence ;
Et plus elle a ſouffert, plus il la récom-
    penſe.

Fin du troiſiéme Acte.

ACTE IV.

ACTE IV.
SCENE I.

Elle se passe dans la maison de Beverley.

Mde. BEVERLEY, CHARLOTTE, LEWSON.

CHARLOTTE.

LE fourbe ! l'hypocrite !

LEWSON.

Mais nous le connoissons enfin, & le récompenserons comme il le mérite .... Rassurez-vous, Madame ; (*à Mde. B.*) vous serez vengée des insultes de ce scélérat.

Mad. BEVERLEY.

Mais n'usez pas de moyens vio-

G

lens.... Rappellez-vous le ferment
que vous m'avez fait : autrement j'aurois gardé le silence.

LEWSON.

Repofez-vous fur ma promesse ;
Madame, je ferai du plus grand fang
froid.

Mad. BEVERLEY.

Ne le voyez donc que demain.

LEWSON.

Et pourquoi pas aujourd'hui ? je né
connois pas de créature plus lâche que
ce Stukely.... Cependant, pour tenir ma parole, je lui parlerai fans aigreur. Je veux obferver fa contenance.
Dans fes yeux & fes réponfes je lirai
jufqu'au fond de fon cœur. De-là, je
cours chez Bates que je veux fonder ;
fi je ne puis en venir à bout, la troupe
eft nombreufe, il me fera facile d'en
gagner un qui trahira les autres....
Bon foir, mes Dames, je ne veux
pas perdre de tems.

SCENE II.

Mde. BEVERLEY, CHARLOTTE.

Mad. BEVERLEY.

QUE ces esprits violens m'allarment ! mais les réflexions seroient inutiles. Venez, Charlotte, allons veiller dans notre poste ordinaire. La nuit s'avance.

CHARLOTTE.

Je crains les événemens ; cependant, nous devons nous flatter d'être tranquillisées demain.

SCENE III.

Mde. BEVERLEY, CHARLOTTE, JARVIS.

CHARLOTTE.

Qu'y a-t'il, Jarvis?

JARVIS.

Je viens d'apprendre de mauvaises nouvelles, Madame.

Mad. BEVERLEY.

Quelles nouvelles? Parlez vîte.

JARVIS.

Les hommes ne font pas ce qu'ils paroissent. Je crains que M. Stukely ne soit un malhonnête homme.

CHARLOTTE.

Nous le sçavons, Jarvis. Mais quelle est votre nouvelle?

JARVIS.

Il y a une action intentée contre

mon Maître à la requête de son ami.

Mad. BEVERLEY.

O le misérable ! Voilà ce que ses menaces m'annonçoient. Courez vîte à cette caverne de voleurs, chez Wilson.... Votre Maître peut y être. Engagez-le, je vous prie, Jarvis, à revenir à la maison : dites-lui que j'ai à lui parler d'une affaire. Mais qu'il ne soit pas question de Stukely. Ce nom pourroit l'animer à la vengeance. Hâtez-vous, notre ami Jarvis.

SCENE IV.

Mde. BEVERLEY, CHARLOTTE.

CHARLOTTE.

CE Ministre de l'enfer ! ô si je pouvois le mettre en piéces !...

Mad. BEVERLEY.

Ces scélérats me rendent la vie odieuse.... Cependant, le Ciel est

G iij

juile ; & fa juftice, quand l'heure en,
fera venue , anéantira ces monftres.

SCENE V.

Elle fe paffe chez Stukely.

STUKELY, BATES,

BATES.

OÙ avez-vous été ?

STUKELY.

Je viens de perdre mon tems....;
J'ai été la dupe de mes rufes., j'ai fervi
de jouet à une femme.... Ne me demande point fon nom....(*avec vivacité.*) J'ai été déconcerté , traité indi-
gnement. Parle-moi de Beverley....
Comment a-t'il foutenu ce dernier
choc ?

BATES.

Comme un homme, dit Dawfon,
dont la mifére a glacé les fens. Après
avoir tout perdu , il a fixé les yeux à

terre, & est resté quelque tems, les bras pendans, sans action & sans mouvement. Se jettant ensuite sur son épée attachée à la muraille, il s'est assis, & d'un œil fixe & immobile, a tracé des figures sur le parquet. Enfin, il s'est levé précipitamment, le corps tremblant, le regard farouche, & saisi tout à coup d'un accès de folie, il a éclaté de rire, pendant que son visage étoit baigné de larmes.... Il est sorti de la chambre dans cet état.

STUKELY.

C'étoit en effet un accès de folie.

BATES.

Oui, la frénésie du désespoir.

STUKELY.

Il faut donc le renfermer. Faisons-le mettre en prison. (*On frappe.*) Ecoutons, ce pourroit être lui. Descendez par cet escalier. (*Bates sort.*) Qui est là?

G iv

SCENE VI.

STUKELY, LEWSON.

LEWSON.

UN ennemi.... & un ennemi déclaré.

STUKELY.

Pourquoi me venir ainſi braver ; Monſieur ? Je ſuis ici chez moi, & je devrois y être à l'abri de vos inſultes & de vos incartades.

LEWSON.

Le crime n'a point d'aſyle; partout où la vertu le trouve , elle eſt en droit de le pourſuivre. Les cavernes des bêtes farouches ne les ſauvent pas des chaſſeurs.

STUKELY.

Qu'avez-vous à me dire, Monſieur ?

LEWSON.

Ce que j'ai à vous dire ! que je vous

connois.... D'où vient cette confusion ? Pourquoi ces regards où je lis
l'épouvante & le crime ? Beverley a-t'il
une Maîtresse ? ou sa femme en a-t'elle
imposé? Un impudent comme vous de-
vroit avoir assez d'effronterie pour ju-
stifier ses forfaits, ou assez de cœur
du moins pour faire tête à ses accusa-
teurs, sans s'effrayer, comme un lâche,
de leurs reproches.

STUKELY.

Ai-je là quelqu'un ? (*d'un air égaré.*)

LEWSON.

·Quiconque entre meurt de ma
main, j'en jure sur ma vie. (*Il ferme
la porte.*) Vous auriez dû connoître
votre portée, Monsieur, sans vouloir
vous guinder trop haut. On vous auroit connu dans le monde pour ce que
vous êtes, pour un misérable.

STUKELY.

Vous pensez que je vous crains.

LEWSON.

Oüi, je le crois. Voilà comme je le

prouve. (*Il le tire par la manche.*) Vous demandiez une explication en particulier; la présence d'une Dame distrait votre attention. Eh bien, nous voilà seuls, Monsieur. Quel lache! (*Il le repousse rudement.*) Le plus vil insecte s'agite sous les pieds qui l'écrasent. Mais lui..... Diroit-on que cela (*on le montrant*) ait pû ruiner un homme, & le ruiner par ses ruses & ses artifices? Mais vous ne pouvez plus nous échapper, Monsieur; nous vous avons suivi pas à pas dans vos intrigues tortueuses. Si vous aimez la vie, déclarez tout; autrement point de grace.

STUKELY.

Prouvez-moi d'abord ce dont vous m'accusez. Jusques-là vous perdez vos menaces.... Et pour cette insulte, je sçaurai m'en venger.

LEWSON.

O le plus lâche des hommes! Eh bien, venge-toi sur l'heure. (*Il met l'epée à la main; Stukely recule.*) Tu me fais pitié.

Comment ce miférable a-t-il pû prendre tant d'avantage fur Beverley, je
n'en puis revenir.... Un malheureux
fans ame & fans honneur, qui dans
fon défefpoir même, n'ofe lever les
yeux fur fon ennemi.... Vous auriez
dû, Monfieur, ramper dans votre fphè-
re, ou bien comme les gens de votre
métier, porter une épée capable d'in-
timider les imprudens qui fe laiffent
ruiner par vos indignes manœuvres.

STUKELY.

Monfieur, vous feriez mieux de ménager vos expreffions. Vous fçavez qu'il
eft des Loix, & qu'elles vengeront l'outrage que vous faites à ma réputation.

LEWSON.

Des Loix ! ofes-tu bien prétendre au
fecours des Loix ? toi qui les foules aux
pieds tous les jours avec ta troupe infernale ? Ne parles-tu pas auffi de réputation ? Malheureux ! qui n'as fait fervir
le nom facré de l'amitié qu'à des trahi-
fons & des brigandages !

STUKELY.

Oüi, déchaînez-vous contre le jeu. Le sujet est riche, & fournit à votre éloquence.... Allez, faites le Missionnaire dans la ville. Votre zèle trouvera par tout de quoi s'exercer. Si le Bourgeois se moque de vous, adressez-vous aux Grands, prêchez-leur cette morale. Ils en seront reconnoissans, & se corrigeront.

LEWSON.

Et l'exemple justifie-t'il le vice ? Non, traître ; & l'habitude du vice dans un Grand, ou dans le Bourgeois qui l'imite, ne peut excuser l'infraction de la Loi, & sauver la réputation d'un joueur.

STUKELY.

Continuez.... Mais sont-ce les intérêts de Beverley qui vous font parler avec tant de zèle ? Est-ce là le motif de vos insultes ? Non ; sa femme & lui pourroient périr dans une prison, si la fortune de la sœur étoit entière, &

récompenſoit l'amour déſintéreſſé de l'honnête M. Lewſon.

LEWSON.

Que tu ajoutes à ma haine par cette penſée! mais tu n'es ſuſceptible d'aucun ſentiment humain. Cependant, je veux bien te dire, puiſſes-tu en être déſeſpéré! Que, malgré la ruine de mon ami, dont il ne peut accuſer que tes perfidies, tu m'as obligé ſans le ſçavoir.

STUKELY.

Je vous ai obligé? C'étoit en effet ſans m'en douter.

LEWSON.

Oui, tu m'as ſecondé dans mon amour, en me donnant un mérite auquel j'aſpirois : ſans toi, ma chere Charlotte n'auroit pas ſçu que j'en voulois à ſon cœur, plutôt qu'à ſa fortune.

STUKELY.

Eh bien, épouſez-la, & faites-moi vos remercimens.

LEWSON.

Oüi, mais comme frere du malheureux Beverley, je pourſuivrai le Brigand
qui l'a dépouillé, & je l'arracherai de
ſes mains.

STUKELY.

Apprens donc , imprudent, qu'il eſt
à ma diſcrétion ; & que ſi on outrage
encore une fois mon amitié pour lui,
la main qui l'a ſecouru le précipitera
dans l'abyſme.

LEWSON.

Comment, on croiroit à ce langage
que tu as du cœur ; mais tu n'en as que
pour ajouter encore à tes crimes. Je te
retrouverai.... Fuis où tu voudras,
ma vengeance s'attachera ſur tes pas ...
& je ſauverai Beverley de ta fureur,
ſans que ſa femme ſacrifie ſon honneur
à un monſtre.

SCENE VII.

STUKELY.

STUKELY.

A Près un moment de silence.) Je n'en puis plus douter, je touche à ma perte. Maudite soit ma lâcheté ! Que ne suis-je fourbe & brave en même tems ! Mais mon cœur se glace à l'aspect du péril. Voilà qu'il m'assiége de toutes parts. Cependant, la crainte inspire la prudence, leur sécurité . . . . . Recourons à de plus grands crimes pour cacher les premiers. . . . Oblige. it Lewson , tremble pour toi-même. . . . Le danger peut retomber sur toi. Qu'y a-t-il, Bates ?

SCENE VIII.

STUKELY, BATES.

BATES.

QUOI donc ? ce n'étoit pas avec Beverley, c'étoit avec Lewson que vous étiez ? Il parloit bien haut.... Vous me paroissez vous-même allarmé.

STUKELY.

Oüi, j'ai raison de l'être.... Nous sommes découverts.

BATES.

Je le craignois aussi, & vous ai donné des avis en conséquence. Mais vous avez été trop entêté de vos idées.

STUKELY.

C'est là le langage des sots ; ils s'épuisent en regrets sur le passé, & tremblent pour l'avenir. Profitons du présent. Beverley n'a tout au plus que des soupçons. C'est Lewson qui peut nous perdre ; fon œil perçant & fa haine pour moi découvriront tout. Il faut trouver des moyens de n'avoir plus rien à craindre de lui.

BATES.

Quels moyens?

STUKELY.

Nous en défaire .... Pourquoi ce mouvement de furprife ? Quand tout eft défefpéré , on ne doit plus écouter que fon défefpoir .... Nous ne pouvons nous fauver que par fa mort.

BATES.

Avez-vous formé ce projet ?

STUKELY.

Oüi, fur ma vie , je l'ai formé.

BATES.

Adieu donc. (*En s'en allant.*)

STUKELY.

Arrête. Ecoute-moi, tu me répondras après. Peut-être aurois-je dû me déclarer moins brufquement : La foibleffe humaine recule à l'idée d'un meurtre , quoique la néceffité l'or-

donne. J'ai pensé longtems à ce projet.
Mon cœur en a été effrayé comme le
tien. Ma conscience sottement allarmée, s'est soulevée d'abord; mais je l'ai
bientôt subjuguée. La Nature ne crie-
t'elle pas à l'homme, donne la mort
à quiconque veut te la donner? L'instinct
fait connoître aux bêtes leurs ennemis.
Celles qui ont reçu le plus de forces en
partage, s'en servent pour les détruire.
L'homme aura-t'il moins d'avantages?
Lewson est acharné à notre perte; &
nous qui pouvons le faire périr, le fui-
rons-nous comme des lâches, au lieu de
le prévenir? C'est être fol que d'hésiter.

BATES.

Il m'a obligé, je ne puis m'y ré-
soudre.

STUKELY.

Eh bien, réserve-toi donc pour l'infamie, l'indigence & le supplice. Tu
devrois te porter toi-même à cette action, & tu manques de résolution.
N'en parlons plus; si je n'avois aspiré

qu'à la fortune de Lewson, tu aurois
été un des plus ardens à l'en dépouiller.... Et quelle vie penses-tu qu'il
eût menée après avoir perdu tout ce
qui la fait aimer ? Tu voudrois lui ra-
vir ses biens : mais en lui laissant la vie,
tu ajouterois la cruauté au meurtre. Je
déteste les hommes qui ne sont méchans qu'à moitié.... Ils sont trop
dangereux. Ce que tu as gagné est à
toi ; garde-le, & retire-toi.... Je ré-
serve mes bontés à ceux qui les mé-
riteront.

BATES.

Que me promettez-vous ?

STUKELY.

De partager également nos gains. Je
te le jure ; compte sur ma parole.

BATES.

Eh bien, quelles mesures prendrons-
nous ?

STUKELY.

Lewson est allé chez Beverley....
Attendez-le dans la rue.... La nuit est

noire , & telle qu'il nous la faut pour faire un mauvais coup. Armez - vous d'un poignard.

BATES.

Je ne balance plus.

STUKELY.

Penfez à la récompenfe qui vous at-tend. Lorfque le coup fera fait , venez me trouver , j'aurai befoin de vous. En-voyez-moi Dawfon.

BATES.

Regardez la chofe comme déja faite... Adieu.

SCENE IX.

STUKELY.

STUKELY.

ENFIN, je refpire. Cette nuit va me délivrer de Lewfon & de mes frayeurs. Je vais attendre l'évenement,

SCENE X.

*Elle se passe dans la rue pendant
la nuit.*

BEVERLEY.

BEVERLEY.

J'ERRE de tous côtés, égaré, confondu, chargé de mes propres malédictions, furieux de désespoir.... L'assassin qui parcourt les rues, effrayé des transports qui m'agitent, craint de m'approcher.... Où porté-je mes pas?... Voilà la porte de ma maison. Tout ce que j'ai de plus cher au monde y est renfermé; & cependant, les portes de la mort même m'inspireroient moins d'effroi.... Je ne veux plus y rentrer.... Qui passe là? c'est Lewson, Je me rappelle ce qu'il a dit de moi,

SCENE XI.

BEVERLEY, LEWSON.

(Toujours pendant la nuit dans la rue.)

LEWSON.

BEVERLEY ! je suis charmé de cette rencontre. J'ai été bien occupé de vos affaires.

BEVERLEY.

Je l'ai appris, Monsieur ; il faut que je vous en remercie comme je le dois.

LEWSON.

Demain je pourrai mériter votre reconnoissance. Je vais actuellement chez Bates. J'ai fait des découvertes, qui font trembler le plus scélérat des hommes.

BEVERLEY.

J'en ai fait de mon côté qui vous feront trembler vous-même. Qu'est devenue, Monsieur, cette fierté, ce ton

impérieux avec lequel vous deviez exi-
ger de moi que je vous rendisse compte.... Vous dites que j'ai ruiné ma
sœur.... Osez-le répéter. Mais avant,
préparez-vous à vous défendre, comme je le suis à me venger.

(*Il met l'épée à la main.*)

LEWSON.

Que voulez-vous dire ? Je ne vous
comprends point.

BEVERLEY.

Voilà la défaite ordinaire des lâches.
Pleins de courage pour forger des calomnies, voyent-ils briller le fer qui
doit les punir, ils crient : que voulez-
vous dire, je ne vous comprends point.

LEWSON.

Me traiter de lâche & de calomnia-
teur ! Je ne me reconnois point à ces
injures. Mais je vous les pardonne, &
j'ai pitié de vous.

BEVERLEY.

Vous auriez dû garder cette pitié,
Monsieur, pour ma réputation ; mais

vous l'avez déchirée. Vous avez répan-
du dans le public une imposture ; vous
avez dit que j'avois ruiné ma sœur.

LEWSON.

Cela est faux. Citez-moi l'homme
qui ose m'accuser.

BEVE RLEY.

Je vous avois crû brave , & d'une
ame au-dessus de ces indignes manœuvres. Mais je vous ai démasqué , & je
veux en tirer vengeance. Ce n'est point
ici le moment de contester.

LEWSON.

Ni celui d'user de violence. Homme imprudent! qui , pour venger de
prétendues injures , veut percer un cœur
qui le chérit. Mais la véritable amitié
n'agit que d'après elle-même. La ca-
lomnie & l'ingratitude ne peuvent l'al-
térer. La vie que vous voulez m'arracher , sera employée à vous servir.

BEVERLEY.

Oüi, vous cherchez à m'appaiser....
Vous m'outragez d'abord d'une maniére

niére impardonnable , & pour me calmer , vous êtes prodigue d'offres de
fervices qu'on ne vous demande point.
Je ne les reçois pas. Votre empreffe-
ment m'importune.

Lewson.

Eh bien , n'en parlons plus , je tâche-
rai qu'il ne vous foit qu'utile.

Beverley.

Non , je le rejette abfolument.

Lewson.

Il vous fervira malgré vous. Vous
ne me connoiffez pas.

Beverley.

Je ne vous connois que trop bien ,
& trop aux dépens de ma réputation.
Vous qui , affectant une fauffe amitié,
m'accufez d'injuftice , & publiez partout que je deshonore ma famille , &
manque à la probité ?

Lewson.

J'ai tenu ces propos ! Qui vous l'a
dit ?

H

BEVERLEY.

Le public.... Tout le monde en
parle. Vous avez même jugé à propos
d'y ajouter des menaces. Vous deviez
me faire rendre compte.... Eh bien,
exigez-le à préfent. Je ferai fier d'un
arbitrage tel que le vôtre.

LEWSON.

Remettez votre épée, & me connoiffez mieux. Je n'ai rien à me reprocher à votre égard. Cette indigne
manœuvre vient de Stukely ? je l'y reconnois ainfi que fes deffeins.

BEVERLEY.

Quels deffeins ? Je ne vous le cache-
rai point ; c'eft Stukely qui vous a accufé.

LEWSON.

Il veut fe défaire d'un ennemi....
Peut-être de deux.... Il craint d'être
démafqué , & cherche, par ces im-
poftures, à affurer fa vengeance & à
nous faire périr tous les deux.

BEVERLEY.

C'eſt ce qu'il faudra prouver.

LEWSON.

Attendez donc à demain.

BEVERLEY.

J'y conſens.

LEWSON.

Adieu.... Je vais vous ſervir. Oubliez ce qui s'eſt paſſé comme je l'oublie. Rentrez chez vous avec un viſage plus gai. Demain nous ſerons tous heureux.

SCENE XII.

(Pendant la nuit dans la rue.)

BEVERLEY.

BEVERLEY.

Après un moment de ſilence.)

QUE l'homme eſt un être extravagant & mépriſable! L'honneur, cette chimére dont il paroît ſi épris, n'eſt qu'un orgueil déguifé, qui le rend plus fenfible aux reproches d'autrui qu'aux remords de fa confcience. Mais il eft paffé en ufage dans ce fiécle-ci de répandre fon fang pour défendre l'impofture & un honneur imaginaire. Je ne me croyois pas capable de fuivre cet indigne ufage.

━━━━━━━━━━━━━━━━━━━━━━

SCENE XIII.

(Pendant la nuit dans la rue.)

BEVERLEY, BATES, JARVIS.

(Dans un coin du Théâtre.)

JARVIS.

IL y a eu du bruit de ce côté-là....
Plus bas eft mon pauvre Maître.

BATES.

Je l'ai entendu contefter avec Lewfon. J'en ignore le fujet.

JARVIS.

Je l'ai entendu aussi. Ses malheurs
l'aigrissent.

BATES.

Allez le trouver, & ramenez-le chez
lui. Mais il vient de ce côté-ci. Je ne
veux pas qu'il me voye.

SCENE XIV.

(Pendant la nuit & dans la rue.)

BEVERLEY, JARVIS.

BEVERLEY *(étonné.)*

QUI est là ? *(en voyant Jarvis.)*
Es-tu un assassin, mon ami ? Si tu
l'es, suis-moi de ce côté. J'ai une
main aussi déterminée que la tienne,
un cœur aussi désespéré....C'est toi,
Jarvis ! Va te coucher, bon homme ;
tu devrois être au lit à cette heure.

JARVIS.

Pourquoi vous-même, Monsieur ;

vous trouvez-vous si tard dans les rues ?
Vous avez l'épée nüe....Pour l'amour
de Dieu , Monsieur, remettez-la dans
le fourreau.... Je tremble en la voyant.

BEVERLEY.

(*D'un ton de colere*) qui vient de me
parler ?

JARVIS.

C'est moi, Monsieur. Souffrez que je
vous prie de me donner votre épée.

BEVERLEY.

Oüi, prends-la;.... Prends-la vîte...;
Peut-être ne suis-je pas encore si ré-
prouvé du Ciel ; peut-être il t'envoye
dans ce moment, pour me sauver de
mon désespoir.

JARVIS.

Si cela est , je suis trop heureux.

BEVERLEY.

Puisses-tu toujours l'être ! mais laisse-
moi ; mes malheurs sont contagieux. La
malédiction se répand sur tout ce qui
m'approche.

JARVIS.

Je fuis forti pour vous chercher , Monfieur.

BEVERLEY.

Actuellement que tu m'as trouvé , laiffe-moi .... Je veux me livrer aux noires penfées qui m'agitent.

JARVIS.

Vous feriez mieux de les chaffer de votre efprit.

BEVERLEY.

Je veux que tu me laiffes.... Mais qui t'a envoyé ici ?

JARVIS.

C'eft ma Maîtreffe qui fond en lar-mes ?

BEVERLEY.

Comment! Suis-je un homme à trai-ter de cette forte ? Eft-ce à une femme impérieufe à me prefcrire mes heures, & à m'envoyer faire des reproches fur mon abfence ?.... Dis-lui que je ne retournerai point à la maifon.

JARVIS.

Cette réponse, Monsieur, lui donnera le coup de la mort.

BEVERLEY.

Le coup de la mort ! C'est peut-être ce qu'elle auroit à souhaiter : car elle ne vivra désormais que pour me charger d'imprécations . . . . Je les aurai bien méritées. Ne me hait-elle pas cruellement, Jarvis ?

JARVIS.

Hélas ! Monsieur. Oubliez vos chagrins, & souffrez que je vous ramene dans ses bras. Les rues sont dangereuses.

BEVERLEY.

Laisse-moi. L'horreur de la nuit convient à mes pensées . . . . Ces pierres vont me servir de lit de repos (*Il se couche sur des pierres.*) Là, mon ame va se livrer aux noires idées qui l'agitent, jusqu'à ce que les premiers rayons du jour me réveillent en sursaut, le cœur dévoré de remords, & déchiré par toutes les furies de l'enfer.

JARVIS.

Pour l'amour de Dieu, Monfieur.... je vous conjure à genoux de vous relever, & de chaffer de votre efprit ces funeftes penfées. Calmez vos fens, & ne vous abandonnez point à votre défefpoir.... Levez-vous, je vous en fupplie.... Tous les momens de votre abfence font mortels pour ma pauvre Maîtreffe.

BEVERLEY.

Comment! je l'ai ruinée, & elle n'eft pas plus irritée contre moi ? (*En fe relevant.*) Ç'en eft trop.... Je ne puis y réfifter. O Jarvis ! que l'état d'un malheureux eft cruel, quand il n'a plus de reffource que dans la mort ou le défefpoir.

JARVIS.

O Ciel ! dans ta miféricorde envoye-lui la paix & la réfignation ! Hélas, Monfieur, fi les êtres qui habitent

H y.

l'autre monde connoiſſent tout ce qui
ſe paſſe en celui-ci, quelle doit être la
douleur de votre pere, de votre mere,
quoique dans le Ciel & dans le ſein du
bonheur ! Souffrez que je vous conjure
par leur reſpectable mémoire, par la
tendre innocence de votre enfant que
vous laiſſez ſans reſſource, par les chagrins mortels de ma pauvre Maîtreſſe,
de relever votre courage, & de ne pas
ſuccomber à vos peines.

BEVERLEY.

Vertueux Vieillard ! tes larmes & tes
priéres o t touché mon cœur, malgré
les amertumes qui le dévorent. O ! ſi
j'avois écouté tes ſages avis, rien n'eût
manqué ſur la terre à mon bonheur.....
J'étois ſi heureux, qu'en formant même un ſeul déſir de l'être davantage,
'euſſe été le plus coupable des hommes. Mais je me ſuis révolté contre le
Ciel qui me combloit de bénédictions,
& j'ai attiré ſur moi ſa juſte vengeance.

JARVIS.

Réfignez-vous à votre fort, Monfieur, & vous pouvez prétendre encore
au bonheur.

BEVERLEY.

Je t'en prie, ne cherche point à flatter ma mifére.

JARVIS.

Je ne le fais pas non plus, Món-
fieur.... Écoutons, j'entends du bruit....
Allons de ce côté-ci. Nous pouvons
rentrer à la maifon fans être reconnus.

BEVERLEY,

Eh bien, conduis-moi donc.... Sans
être reconnus, dis-tu ? Hélas ! je ne
.... que les regards de ma trifte fa-
.... ont j'ai fait le malheur.

SCENE XV.

Elle se passe dans la maison de Stukely.

S T U K E L Y , D A W S O N.

S T U K E L Y.

VIENS ici, Dawson. Je suis à la torture, je frissonne dans l'attente que l'affaire de cette nuit se termine. Dis-moi tes pensées : Bates est-il déterminé, ou hésite-t'il encore ?

D A W S O N.

D'abord il m'a paru irrésolu : il souhaitoit que je me chargeasse du coup, il maudissoit sa lâcheté qui lui faisoit craindre les événemens.

S T U K E L Y.

L'as tu laissé dans ces irrésolutions ?

D A W S O N.

Non ; nous nous sommes promenés ensemble & à l'abri de l'obscurité,

nous avons vû Beverley & Lewſon ſe
débattre vivement, mais ils ſe ſont bientôt calmés ; & dans le moment je ſuis
parti pour me rendre promptement chez
vous , ayant laiſſé Bates bien décidé à
poignarder Lewſon.

STUKELY.

Tu m'as rendu là vie.... Cette querelle eſt ſurvenue bien à propos ; car ſi
mes eſpérances ne m'abuſent point ,
elle doit être mortelle pour Beverley.

DAWSON.

Vous m'étonnez. Lewſon & lui
étoient amis.

STUKELY.

Mais mon imagination fértile a ſçu
les rendre ennemis. Si Lewſon meurt ,
Beverley ſera ſon aſſaſſin. La Chambre
des Douze (*) le décrétera. Ne me fais

(*) La Chambre des Douze à Londres eſt
compoſée de Juges choiſis , pour juger d'un
fait ſur la dépoſition de témoins ; on leur
fait préter ſerment pour cet effet.

pas de queſtion ; contente-toi de ſuivre mes ordres. J'ai depuis quelques jours entre les mains cet écrit : (*Il tire un port-feuille*) J'attendois l'occaſion de m'en ſervir. Elle eſt arrivée : Prens-le & donne-le à un Exempt. Il faut l'employer ſur le champ. (*Il lui donne un papier.*)

DAWSON.

Contre Beverley ?

STUKELY.

Lis-le. C'eſt pour l'argent que je lui ai prêté.

DAWSON.

Il ira donc en priſon ?

STUKELY.

Je t'ai demandé de l'obéiſſance & ne veux point de repliques. Il ſera cette nuit enfermé dans un cachot Suivant les apparences, il n'eſt pas encore rentré chez lui. Va l'attendre à ſa porte, & vois exécuter cette Sentence.

DAWSON.

Contre un malheureux qui n'a rien, qui eſt inſolvable ?

STUKELY.

Pauvre eſprit que tu es, ſi Lewſon meurt, qui l'a aſſaſſiné ? Ne les a-t'on pas vûs aux priſes l'un avec l'autre ? D'ailleurs ce que j'ai ſçu des deſſeins de Beverley, m'annonçoit aſſez qu'ils n'é-toient plus amis..... Je l'ai inſtruit peut-être un peu tard des diſcours de Lewſon, mais c'eſt un acte de vertu dont l'humanité doit me ſçavoir gré. Me comprenez-vous maintenant, Mon-ſieur ?

DAWSON.

Oüi, parfaitement.... Je vais agir en conſéquence.

STUKELY.

Hâtez vous, & quand le coup ſera fait, revenez m'en inſtruire.

DAWSON.

Adieu donc.

_____

SCENE XVI.
STUKELY.

STUKELY.

DEBITE actuellement tes contes, femme imprudente & aveugle dans ton amour. Pour toi, Lewson, si tu peux m'outrager une seconde fois, je tombe à tes genoux & te reconnois pour mon Maître.

L'avarice n'a plus d'empire sur mon cœur,
Il ne respire plus que vengeance & fureur.
J'attends, en frémissant, que mon destin s'achéve.
Avant la fin du jour, la fortune m'éleve
Au faîte du bonheur, au comble de mes vœux;
Ou creuse sous mes pas un précipice affreux.

Fin du quatriéme Acte.

ACTE V.
SCENE I.

(Dans la maison de Stukely.)

STUKELY, BATES, DAWSON.

BATES.

CE pauvre Lewson !.... Mais je vous en ai assez parlé la nuit derniére... Je ne puis penser à lui sans frémir.

STUKELY.

Dans la rue, dites-vous ? Et dans ce moment il étoit seul ?

BATES.

Auprès de sa porte même:il me conduisoit chez lui. J'avois pris pour prétexte une affaire dont j'avois à lui par-

ler, & dans le moment qu'il frappoit,
je lui ai percé le cœur.

STUKELY.

Et il eſt tombé ſur le champ?

BATES.

Vous aimez, à ce que je vois, à me
faire répéter la choſe. Je vous ai dit
qu'il étoit tombé ſans jetter un cri.

STUKELY.

Qu'en diſoit-on ce matin dans la
Ville?

BATES.

Que le guet dans ſa tournée l'avoit
trouvé & avoit réveillé les domeſti-
ques. Je me ſuis mêlé dans la foule de
ceux qui ſont entré, & je l'ai vû mort
dans ſa propre maiſon.... La vüe
m'en a fait trembler.

STUKELY.

Diſſipez vos frayeurs, juſqu'à ce
que, du fond de ſon tombeau, il vien-
ne nous accuſer.... Nous n'avons plus
d'ennemi à craindre que Beverley peut

être, & nous le tenons renfermé dans une prifon.

BATES.

Faut-il auffi l'affaffiner?

STUKELY.

Non, mon deffein eft de le faire périr par le glaive des Loix.... A quelle heure Lewfon eft-il mort?

BATES.

A minuit. —

STUKELY.

Rien ne pouvoit nous arriver de plus heureux.... Beverley (*à Dawfon*) a été arrêté à une heure, m'avez-vous dit?

DAWSON.

A une heure précife.

STUKELY.

C'eft bon. Nous en parlerons encore tout à l'heure.... Sa femme & fa fœur étoient avec lui fans doute?

DAWSON.

Oüi, avec le bon homme Jarvis. Je vous en aurois parlé la nuit derniére.

fi vous n'aviez pas été fi occupé. Il eft
heureux pour vous que vous ayiez un
cœur de bronze ; ce récit pourroit vous
attendrir vous-même.

STUKELY.

Ne me le faites donc pas.

DAWSON.

Je l'ai fuivi jufques chez lui , en lui
témoignant la part que je prenois à fes
malheurs. J'ai laiffé la porte ouverte ,
les Archers font venus & l'ont arrêté....
En vérité , je jouois là un rôle bien
odieux . . . . Mais n'en parlons pas . . . . .
J'ai fuivi mes inftructions.

STUKELY.

Qu'a-t'il dit ?

DAWSON.

Il m'a accufé de perfidie , vous a
traité d'homme fans foi, eft convenu de
l'argent que vous lui aviez prêté , &
s'eft foumis à fon malheureux fort.

STUKELY.

Et les femmes ?

DAWSON.

La furprife les a rendues muettes
pendant quelques minutes. Enfuite elles
fe font regardées d'un œil confterné
& le vifage baigné de larmes ; mais la
fureur & la rage leur ont bientôt rendu
la parole , & fe livrant alors à leur défefpoir , elles m'ont accablé de malédictions , ainfi que le monftre dont j'é-
tois le miniftre.

STUKELY.

Avez-vous effuyé cet orage en Phi-
lofophe ?

DAWSON.

Oüi , mais ce qui eft arrivé enfuite
m'a déchiré le cœur. J'avois ordonné
aux Archers de faifir leur prifonnier.
Auffitôt les femmes ont jetté de grands
cris , & ont voulu le fuivre , mais nous
les en avons empêchées. Alors tombant
à genoux l'une & l'autre, éperdues, hors
d'elles-mêmes, elles ont employé pour
nous attendrir , toute l'éloquence que
donne la douleur & l'infortune. Dans

ce moment mon cœur, pour la pre-
miére fois a été fenfible à la pitié, &
fi les Archers fe fuffent laiffés fléchir,
ainfi que moi, j'euffe tout abandonné
& me ferois enfui en me maudiffant
moi-même. Mais l'habitude a endurci
leurs cœurs. Les pleurs de la beauté, le
cri de la nature ne peuvent rien fur ces
ames féroces Auffi l'ont-ils arraché de
leurs bras & mis en prifon, n'ayant
d'autre confolation que Jarvis qui l'y
a fuivi.

STUKELY.

Laiffons-le dans cette prifon, jufqu'à
ce que nous pouffions les chofes plus
loin avec lui.... Et pour vous, Monfieur, tréve de compaffion, s'il vous
plaît. Un homme de votre forte, nourri
dans le crime, & employé, dès fon en-
fance, aux actions les plus odieufes, de-
vroit ne pas connoître la compaffion.

DAWSON.

Vous me parlez fur ce ton, Monfieur.... Vous auriez bien dû nom-

mer l'esprit infernal qui m'a séduit....

Stukely.

Cela est faux. Vous étiez un méchant homme quand je vous ai connu, & je vous ai employé comme tel.... Mais n'en parlons plus.... Nous nous sommes engagés trop avant pour reculer. Lewson est mort, & nous sommes tous les trois coupables de son assassinat. C'est à quoi nous devons penser.... Lorsque nous serons nous-mêmes hors de danger, nous aurons assez de tems à donner à la compassion. Beverley vit toujours, quoiqu'en prison.... Ses malheurs réveilleront son désespoir, & on peut faire des découvertes qui nous perdent tous. Il faut prendre des mesures & promptement. Vous l'avez vû (*à Bates*) la nuit derniére aux prises dans la rue avec Lewson?

Bates.

Oüi, & son Maître d'Hôtel Jarvis l'a vû ainsi que moi.

STUKELY.

Il nous servira de témoin. Voilà de quoi instrumenter. Un témoin involontaire est d'un grand poids. Je vous ai déja fait connoître quelque chose de mon déssein..... Beverley doit être l'assassin de Lewson, nous serons parties & déposerons contre lui. Mais la maniére de procéder à sa conviction, demande du tems & des réflexions..... Suivez-moi ; nous serons mieux dans la chambre voisine pour en conférer sécretement..... Mais sur-tout, Monsieur, (*à Dawson*) Faites-nous grace de votre compassion. Il faut la remettre à un tems plus favorable. Venez avec moi.

SCENE II.

SCENE II.

Elle se passe dans la maison de Beverley.

Mad. BEVERLEY, CHARLOTTE.

Mad. BEVERLEY.

VOus n'avez encore aucune nouvelle de Lewson ?

CHARLOTTE.

Non. Il est sorti de bonne heure ce
matin, & ne sçait pas ce qui s'est
passé.

Mad. BEVERLEY.

Voilà huit heures qui sonnent.....
Je ne l'attendrai pas plus long-tems.

CHARLOTTE.

Attendez du moins que Jarvis soit
revenu. Il a déja envoyé deux fois ici
pour nous y retenir jusqu'à son retour.

Mad. BEVERLEY.

Je ne vis point dans cette cruelle

I

féparation..... O ! quelle nuit affreufe que la derniére nuit ! Je ne voudrois point en paffer une pareille pour
toutes les richeffes du monde. Mon
pauvre Beverley ! qu'il a dû fouffrir !
Cette penfée me déchire le cœur ....
L'avoir vû arracher de mes bras à minuit .... Pour habiter un réduit froid
& humide , un horrible cachot où les
vents foufflent peut-être de toutes parts !
privé d'une tendre époufe qui partage-
roit fes peines ! livré à des réflexions
qui ne peuvent qu'ajouter à fes chagrins ! Cet état eft trop accablant....
Si j'avois eu plus de tendreffe pour lui,
ils ne l'auroient pas arraché de mes
bras. Ils m'auroient plutôt arraché la
vie .... J'ai réfifté trop foiblement.

CHARLOTTE.

Vous devez vous rendre plus de juftice. Nous avons fait tout ce que nous
avons pû faire. Jarvis a fait le refte.....
Cet honnête vieillard lui donnera quel-

que confolation. Pourquoi tarde-t'il
donc à revenir ?

Mad. BEVERLEY.

Ce retard m'infpire encore une nouvelle crainte; peut-être rend-il à fon
Maître fes derniers devoirs. Peut-être
recueille-t-il fes derniers foupirs.

CHARLOTTE.

Mais le voilà qui vient, avec un vifage riant.

SCENE III.

Mde. BEVERLEY, CHARLOTTE,

JARVIS.

Mad. BEVERLEY.

LEs pleurs annoncent-ils la joie ?
Hélas ! Il fond en larmes ! parlez-lui,
Charlotte.... pour moi je ne pour-
rois le faire.

CHARLOTTE.

Comment se trouve votre Maître,
Jarvis ?

JARVIS.

Je suis foible & vieux, Madame ;
& mes larmes préviennent ma réponse.... Mais ne pleurez pas , Madame,
(à *Madame Beverley.*) j'ai une bonne nouvelle à vous apprendre.

Mad. BEVERLEY.

Quelle nouvelle ?...... Donnez-
m'en de bonnes de Beverley ; voilà ce
que je puis apprendre de plus agréable.

JARVIS.

Son esprit se calmera.... Tout chan-
gera de face..... Les nouvelles que
j'ai à lui dire, rappelleront la joie dans
son cœur.... Qu'on est ridicule à mon
âge ! Ma vieillesse dégénére en enfan-
ce. J'ai une heureuse nouvelle à vous
apprendre, & les larmes me coupent
la parole.

CHARLOTTE.

Répandez-en un torrent, & ne différez plus de nous la dire *(avec vivacité.)*

Mad. BEVERLEY.

Quelle est cette nouvelle, Jarvis ?

JARVIS.

Cependant pourquoi me réjouirois-je de la mort d'un Vieillard ? Votre Oncle, Madame, est mort hier.

Mad. BEVERLEY.

Mon Oncle !... O Ciel !

CHARLOTTE.

Comment avez-vous appris sa mort ?

JARVIS.

Son Intendant venoit vous en instruire, Madame, lorsque je l'ai rencontré dans la rue, s'informant où vous logiez...... Je devrois peut-être cacher ma joie..... Mais il étoit vieux & mon pauvre Maître est en prison.... Il va revenir à la vie. O quel heureux événement ! Son état me faisoit mourir de douleur.

CHARLOTTE.

Où avez-vous laissé l'Intendant ?

JARVIS.

Je n'ai point voulu l'amener ici, & le rendre témoin de tous vos malheurs. D'ailleurs je voulois, avant de mourir, vous annoncer une bonne nouvelle. Mon pauvre Maître oubliera ses disgraces.

Mad. BEVERLEY.

Qui nous arrête ? Courons le trouver.... Nous différons notre bonheur.

JARVIS.

Je n'ai point pensé à amener une voiture ; mais Lucie en est allé chercher une.

Mad. BEVERLEY.

Qu'en avons-nous besoin ? La joie m'a donné des ailes.

CHARLOTTE,

Pour moi je retiens mes transports, jusqu'à ce que mon frere les partage. Comment a-t'il passé la nuit, Jarvis ?

JARVIS.

Il l'a passée, Madame, comme un homme frappé des idées les plus noires.

& les plus affreufes Quand on l'eut laiffé dans le trifte réduit qu'il devoit habiter, il s'eft jeté fur un méchant lit, où il eft refté jufqu'au point du jour dans un morne filence. Il ne donnoit d'autres fignes de vie que quelques foupirs & quelques larmes qui lui échappoient de tems en tems. Je lui parlois, mais il ne vouloit pas m'écouter, & lorfque je continuois, il levoit les mains fur moi, comme pour me frapper.

Mad. BEVERLEY.

Quel cruel état! Mais qu'a-t'il dit, Jarvis? A-t'il gardé le filence pendant toute la nuit?

JARVIS.

Non, Madame. Au point du jour il s'eft précipité du lit; & jettant fur moi des yeux égarés, il m'a demandé qui j'étois. Je le lui ai dit, ajoutant que j'étois venu pour lui donner quelque confolation.... va-t'en, malheureux vieillard, m'a-t'il répondu.... J'ai juré de

ne jamais en recevoir.... Ma Femme !
Mon Fils ! Ma Sœur ! je les ai tous ruinés ; je ne veux plus entendre parler
de confolation.... Laiffant enfuite tom-
ber fes bras, & fe jettant à genoux ,
il s'eft accablé lui - même de malédictions.

Mad. BEVERLEY.

Cette fituation eft trop affreufe !...
Mais vous ne l'avez point abandonné
dans cet état?

CHARLOTTE.

Je fuis bien sûre que non.

JARVIS.

Je n'aurois jamais été affez inhumain,
Madame. Je l'ai fait revenir infenfi-
blement à lui-même. Un torrent de
larmes a foulagé fon cœur. Enfuite il
m'a appellé le meilleur de fes amis, &
m'a demandé pardon comme un enfant .... J'étois un enfant moi même dans ce moment. Mon cœur palpi-
toit ; je ne pouvois lui parler. Il a dé-
tourné la tête pendant une minute ou

deux, & étouffant quelques soupirs,
il m'a demandé des nouvelles de sa famille ruinée . . . . Il s'est servi de cette
expreffion, Madame. Il m'a demandé
comment vous aviez foutenu la malheureufe fcene de la nuit derniere? . . . .
Si vous auriez affez de bonté pour venir le voir en prifon? Il m'a prié enfuite
de venir vous trouver promptement. Je
lui ai dit que je voulois le voir avant
plus calme & plus tranquille. Il m'a
promis qu'il le feroit, & après quelques momens d'agitation, il est revenu
entiérement à lui-même. Alors je fuis
forti, laiffant avec lui quelqu'un à qui
j'ai bien recommandé de le veiller de
près. Il y a une heure que je l'ai quitté.
Je ne croyois pas, en courant vous
chercher, avoir une auffi bonne nouvelle
à vous annoncer.

Mad. BEVERLEY.

Quelle est-elle ?.... Mais nous avons
attendu trop long-tems. Nous n'avons
pas befoin d'une voiture.

I v

CHARLOTTE.

Ecoutez : j'en entends une à la porte.

JARVIS.

Lucie vient nous en avertir ... Nous allons partir.

Mad. BEVERLEY.

Allons le consoler ou mourir avec lui.

SCENE IV.

Elle se passe chez Stukely.

STUKELY, BATES, DAWSON.

STUKELY.

IL y a au moins une présomption bien évidente. Si elle ne suffit pas , nous aurons recours à quelques sermens de plus, que nous ne paroîtrons faire que malgré nous , pour donner plus de poids à notre accusation. Je vous

ai dit comment il falloit nous y prendre. Il faut faire périr Beverley.....
Nous l'avons déja vivement attaqué ;
ne rallentissons pas notre poursuite ; il
faut qu'il meure, ou l'opprobre & le
supplice nous attendent. Pensez à cette
alternative, & rappellez-vous vos instructions. Vous, Bates, ne tardez pas
à vous rendre à la prison. Je ne vous
y précéderai que de quelques minutes.
Et vous, Dawson, rendez-vous-y quelques minutes après.... Partageons-
nous ainsi.... Mais, répondez-moi ; vous
sentez-vous la résolution que doivent
avoir des hommes ? Agirez-vous en gens
de cœur ?

BATES.

En scélérats plutôt.... Mais vous
pouvez compter sur nous.

STUKELY.

Comme sur des gens déterminés?...
Vous ne me répondez pas, Dawson...
C'est sans doute la compassion qui vous
fait hésiter.

I vj

DAWSON.

Non, je l'ai étouffée.... Ma réponse
est celle de Bates : vous pouvez compter sur moi.

STUKELY.

Envisagez la récompense ! Nous joüi-
rons en paix de nos richesses. J'ai juré
de partager avec vous jusqu'au dernier
chelin. * Séparons-nous pour nous re-
trouver dans la prison . ... Rappellez-
vous vos instructions, & vos promesses.

* Chelin, monnoie d'argent qui vaut 12
sols d'Angleterre.

SCENE V.

(Elle se passe dans la prison.)

On y voit Beverley assis. Au bout de quelques minutes il se leve, & s'avance sur le Théâtre.

BEVERLEY.

ENFIN ma derniere heure est venue. Je suis jugé sans appel, & mon Arrêt est la mort. Je ne sçai quel sort est réservé à quiconque attente sur ses jours.....
Mais ce que je sçai ....C'est que le poids d'une vie odieuse m'est trop insupportable .... Mon ame succombe aux tourmens qui la déchirent....(*Il veut se mettre à genoux.*) Pere de miséricorde ....Je ne puis prier.... Le désespoir appésantit sur moi sa main de fer, & me dévoue à la mort. Conscience ! trop coupable conscience ! Tu jettes des cris qui m'épouvantent ....

Voilà de quoi te calmer. (*Il tire de sa
poche une phiole & la considère.*) Tu
es l'ami des malheureux, tu guéris &
termines leurs peines . . . .   Descends
dans mon cœur....(*li ai ale le poison.*)
O si l'homme s'anéantissoit tout entier dans le tombeau ! Mais si l'ame voit
& sent encore tout ce que souffrent
les personnes cheres qu'on laisse après
soi, l'éternité n'a point de tourment
si cruel.... Je n'y veux plus penser....
La réflexion vient trop tard . . . . Il fut
un tems où je devois la faire Il
est passé . . . . Qui est là ?

SCENE VI.

BEVERLEY, STUKELY,

JARVIS.

C'EST un homme qui se flattoit de
vous trouver plus tranquille. . . . Pourquoi détourner vos regards de dessus

moi?... Je vous apporte des nouvelles
confolantes.... Voyez d'ailleurs quelles
font les perfonnes qui me fuivent.

BEVERLEY.

Ma femme & ma fœur ! Eh bien,
avant de quitter la vie, j'aurai encore
un cruel aſſaut à foutenir, mais du.
moins fera-t-il le dernier.

(à part.)

SCENE VII.

BEVERLEY, Mde. BEVERLEY,

CHARLOTTE, JARVIS.

Mad. BEVERLEY.

OU eſt-il ? (*Elle fe précipite à fon
col.*) Je le poſſéde enfin, je le tiens
dans mes bras ! ils ne pourront plus me
l'arracher..... Mon cœur, j'ai à vous
apprendre des nouvelles qui vous rendront le plus heureux des hommes...

Mais ne me regardez donc pas d'un œil si froid.

CHARLOTTE.

Comment vous trouvez-vous, mon frere ?

Mad. BEVERLEY.

Hélas ! il ne nous écoute pas ... Parlez-moi , mon ami. Je souffre trop à vous voir dans cet état.

BEVERLEY.

Je souffre trop aussi à vous voir dans cet infâme lieu.

Mad. BEVERLEY.

Nous venons vous en tirer ... Nous venons vous dire que vos affaires vont se rétablir , que la Providence a vû nos malheurs, & nous a envoyé des moyens de les finir.... Votre oncle est mort hier.

BEVERLEY.

Mon Oncle ! que me dites-vous-là ?... le cœur me manque.

Mad. BEVERLEY.

Hélas! Je croyois vous avoir dit une nouvelle confolante.

BEVERLEY.

Dites-moi donc qu'il vit ... Si vous voulez me confoler, dites - moi qu'il vit encore.

Mad. BEVERLEY.

Et quand je vous le dirois .... Puis-je le rappeller du tombeau ? ... Il eft mort hier.

BEVERLEY.

Et je fuis fon héritier ?

JARVIS.

De tout fon bien, Monfieur. Supportez, je vous prie, fa mort courageufement.

BEVERLEY.

Oüi, oüi .... (*Il s'arrête.*) Eh bien ne dit-on pas dans le monde que je fuis riche actuellement ?

Mad. BEVERLEY.

Mais oüi, on le dit & avec raifon....

Que veulent dire ces yeux égarés ?

BEVERLEY.

Le font-ils en effet ? Je ne m'attendois pas à cette nouvelle. Mais m'a-t il tout laissé ?

JARVIS.

Tout absolument, Monsieur . . . Il ne pouvoit faire autrement.

BEVERLEY.

J'en suis fâché.

CHARLOTTE.

Fâché ! Pourquoi donc ?

BEVERLEY.

Vous avez perdu un Oncle, Charlotte.

CHARLOTTE.

Que la paix & le bonheur soient avec lui . . . . Mais la mort d'un homme âgé est-elle donc si effrayante ?

BEVERLEY.

J'aurois souhaité qu'il fût immortel.

Mad. BEVERLEY.

Le Ciel m'est témoin que je n'ai pas,

défiré fa mort. Mais c'étoit la volonté
de la Providence, qu'il mourût....
D'où vient donc cette agitation ?

BEVERLEY.

La mort n'a-t-elle rien d'effrayant ?
Mad. BEVERLEY.

Non, quand elle enleve un homme
âgé. Cependant fi la fienne vous cha-
grine tant, je fouhaiterois qu'il vécût
encore.

BEVERLEY.

Je le fouhaiterois auffi de tout mon
cœur.

CHARLOTTE.

Mais pourquoi donc ? Que voulez-
vous dire ?

BEVERLEY.

Rien.... Comment avez-vous appris fa mort ?

Mad. BEVERLEY.

Nous la fçavons de fon Intendant.
Je voudrois pour beaucoup l'avoir toujours ignorée.

BEVERLEY.

O fi je l'avois fçue un peu plutôt !
:.... Ce que j'ai à vous dire va vous
glacer d'horreur ; ou fi l'ufage de la
parole vous refte encore, vous ne vous
en fervirez que pour me maud re.

Mad. BEVERLEY.

Hélas ! qu'avez-vous à nous dire qui
mérite nos malédictions ? ... Je ne
cefferai jamais de bénir mon époux.

BEVERLEY.

Non ; je n'ai mérité que vos malédictions. Il n'éxifte point d'homme fur
la terre auffi coupable que moi. Cette
riche fucceffion, cette feconde faveur
du Ciel qui auroit terminé nos peines,
qui ne nous eût rien laiffé à défirer ; eh
bien, la nuit derniere, dans un inftant
maudit, je l'ai vendue.

CHARLOTTE.

Vendue ! Comment vendue !

Mad. BEVERLEY.

C'eft impoffible .... Cela ne peut
être.

BEVERLEY.

L'infâme Stukely, fecondé de tout l'Enfer, m'a porté à cette action déteſtable. Pour payer de fauſſes dettes d'honneur, pour réparer mes pertes, j'ai vendu cette ſucceſſion.... Je l'ai vendue pour une ſomme modique que j'ai perdue avec des ſcélérats.

CHARLOTTE.

Il faut donc renoncer à tout.

BEVERLEY.

Oui, à la liberté & à la vie.... Venez (*à Madame Beverley*) j'attends vos malédictions.

Mad. BEVERLEY.

O Ciel ! écoute-moi ! (*elle ſe jette à genoux.*) regarde ſes peines d'un œil de miſéricorde & de pitié ! diſſipe les noirs chagrins qui obſcurciſſent ſon front ! ramene la paix dans ſon cœur ! efface de ſa mémoire l'idée de ſes malheurs ! Sauve-le de ſon déſeſpoir ! ſi l'infortune & la misére doivent être le partage de l'un des deux, qu'elles ne soient que le mien, qu'elles n'accablent que moi seule ! Je souffrirai tout sans me plaindre, si tu le rends heureux. Ces yeux sans cesse élevés vers toi invoqueront sur lui tes bénédictions. Ces mains travailleront à sa subsistance : que, remplissant tous les devoirs d'une femme tendre & fidelle, je serve à sa consolation, ainsi qu'à son bonheur !... O Ciel ! exauce-moi ! que ce soit là ma récompense ! (*Elle se releve.*)

BEVERLEY.

Je voudrois l'invoquer comme vous, si je ne craignois que dans sa juste vengeance il ne changeât mes prieres en malédictions. Qu'ai-je à lui demander ? Qu'ai-je désormais de commun avec l'espérance ? Invoquerois-je le Ciel, pour qu'il prolongeât mes jours ? Non ; le terme de ma vie est fixé irrévocablement. Seroit-ce pour qu'il répandît sur vous & votre famille tous les biens de

la terre ? m'épuiferois-je en fouhaits,
pour une époufe, pour un fils, pour
une fœur que j'ai ruinés ? Non, j'ai fait
une action qui doit me rendre horrible
à vos yeux....

Mad. BEVERLEY.

Pourquoi donc horrible? La pauvreté l'eft-elle ?... Les befoins réels de
la vie ne font qu'en petit nombre. Un
travail léger & facile y fournira....
La joie le rendra plus léger encore....
La joie eft la compagne de l'honnête
induftrie.... nous nous y livrerons
fans réferve.

BEVERLEY.

Je dois y renoncer à jamais.....
Oh ! vous ne fçavez pas tout. Ce que
j'ai fait eft irréparable.

Mad. BEVERLEY.

Qu'avez-vous donc fait ?... Quels
regards vous jettez fur moi !

BEVERLEY.

J'ai fait une action qui crie vengean-

ce contre moi .... qui met le sceau
à votre malheur dans cette vie, & au
mien dans l'autre.

Mad. BEVERLEY.

Non, non; je suis trop sûre de la
bonté de votre cœur.... Hélas! Charlotte, il n'est plus à lui .... Ses regards me glacent d'effroi.... Aidez-
moi à le consoler .... Il ne peut avoir
rien fait contre la probité.

CHARLOTTE.

Hélas! Je crains tout ce que je puis
imaginer de pis .... Qu'avez-vous fait
mon frere?

BEVERLEY.

Une action horrible.

JARVIS.

Ne lui faites plus de questions, Madame .... La derniere Scene lui a
troublé les sens. Il ne lui faut qu'un
peu de tems pour le calmer.

SCENE VIII.

SCENE VIII.

BEVERLEY, Madame BEVERLEY
CHARLOTTE, JARVIS,
STUKELY.

BEVERLEY.

QUE vient faire ici ce fcélérat ?

STUKELY.

Il vient vous rendre la liberté & la
vie. Voilà, Madame, ce qui lui affure
l'une & l'autre (*Il donne un papier à
Madame Beverley.*) qu'il fuye fur le
champ. En le faifant arrêter la nuit
derniere, je lui ai rendu un fervice
d'ami, mais trop tard.

CHARLOTTE.

Que voulez-vous dire, Monfieur ?

STUKELY.

Je dis qu'il a été arrêté trop tard.
j'aurois voulu qu'il n'eût pas trempé

K

ſes mains dans le ſang, mais il étoit trop tard.

Mad. BEVERLEY.

Trempé ſes mains dans le ſang !.. & dans le ſang de qui ? ... O le malheureux ! ô l'infâme !

STUKELY.

Dans le ſang de Lewſon.

CHARLOTTE.

Non, ſcélérat ! Mais qu'eſt-il arrivé à Lewſon ? Parle vîte.

STUKELY.

Vous ne le ſçavez donc pas ! je croyois en entendre l'aveu de la bouche de l'aſſaſſin même.

CHARLOTTE.

Quel eſt-il, & de qui? ... Seroit-ce de Lewſon ? Dis-moi qu'il vit, & je tombe à tes genoux ; tu ſeras un Dieu pour moi. (*Avec une extrême vivacité.*)

STUKELY.

Hélas ! je voudrois vous le dire ; mais tout le monde parle d'un aſſaſſinat. La pitié feule m'amene ici. Je fuis venu pour fauver le frere, mais non pour donner la mort à la fœur. Lewfon ne vit plus.

CHARLOTTE.

O Ciel ! Je fuis perdue..... Qui l'a affaffiné ? mais cela ne peut être. Quel crime a-t'il commis pour mourir ? malheureux ! il vit, il vit & vengera mon défefpoir.

Mad. BEVERLEY.

Poffedez-vous, ma chere Charlotte.

CHARLOTTE.

Non, je ne puis ; ma conftance eft à bout.

Mad. BEVERLEY.

C'eft la pitié qui l'amene, dit-il, ô l'homme déteftable ! l'ami eft donc affaffiné, & c'eft-là l'affaffin ? (*en montrant Beverley.*)

BEVERLEY.

Arrêtez l'une & l'autre ; continuez, Monfieur.

Non, la justice va terminer tout....:
Voilà un témoin.

SCENE IX.

BEVERLEY, Mde. BEVERLEY;
CHARLOTTE, STUKELY,
JARVIS, BATES.

BATES.

LA nouvelle, je le vois, Madame;
vous a effrayée. Mais rassurez-vous,
(*à Charlotte.*) il y a quelqu'un à la
porte qui vous demande..... Allez
le trouver sur le champ.

CHARLOTTE.

O quel coup de poignard ! (*elle sort.*)

SCENE X.

BEVERLEY, Mad. BEVERLEY,
STUKELY, JARVIS,
BATES.

Mad. BEVERLEY.

SUIVEZ-la, Jarvis. S'il eft vrai que Lewfon foit mort, fa douleur peut la tuer.

BATES.

Non, Madame, il faut que Jarvis refte ici. J'ai quelques queftions à lui faire.

STUKELY.

Il faut plutôt lui faire prendre la fuite. Son témoignage peut être funefte à fon Maître.

BEVERLEY.

Tout ceci m'a l'air de quelqu'intrigue.

K iij

BATES.

Il vous a trouvé la nuit derniere aux
prises avec Lewson, dans la rue. (*A
Beverley.*)

Mad. BEVERLEY.

Non, je suis sûre que non.

JARVIS.

Ou si je l'ai trouvé.....

Mad. BEVERLEY.

Cela est faux, bon homme .... Ils
n'ont point eu de querelle, & ils n'a-
voient aucun sujet d'en avoir.

BEVERLEY.

Laissez-le continuer, Madame....
Ah ! le cœur me manque ; apportez-
moi un siége. (*Il s'assied.*)

Mad. BEVERLEY.

Vous êtes abattu, mon cœur, vous
tremblez.... Vos regards sont fixes.....
Cependant vous êtes innocent. Si Lewson est mort, ce n'est pas vous qui l'a-
vez tué.

SCENE XI.

BEVERLEY, Mad BEVERLEY,
STUKELY, JARVIS,
BATES, DAWSON.

STUKELY.

QUI a envoyé chercher Dawson ?

BATES.

C'eſt moi . . . . . Nous avons encore un témoin, auquel vous ne penſez guères . . . . . Il eſt là à la porte.

STUKELY.

Quel eſt-il ?

BATES.

C'eſt un homme de poids. Il entre,
voyez-le.

SCENE XII.

BEVERLEY, Mad. BEVERLEY,
LEWSON, CHARLOTTE,
STUKELY, JARVIS,
BATES, DAWSON.

STUKELY.

LEWSON! o les perfides! (*à Ba-*
tes & Dawfon.)

Mad. BEVERLEY.

Vous êtes donc forti du tombeau !
Quel bonheur imprévû !

CHARLOTTE.

Ce n'eft peut-être que fon efprit. Au
moins le fouhaiteriez vous, Monfieur.
(*à Stukely.*)

JARVIS.

Quel eft cet enigme ?

BEVERLEY.

Expliquez - nous le promptement;

(*à Lewson.*) Je n'ai plus que quelques momens de vie.

Mad. BEVERLEY.

Hélas ! que dites-vous ! vous pafferez une vie longue & heureufe . . . .

LEWSON.

Pendant que ce miférable, (*en montrant Stuk ly.*) couvert d'infamie , expiera fes crimes. Mon hiftoire n'eft pas longue . . . . J'avois trop pénétré dans fes intrigues, voilà pourquoi il m'avoit condamné à périr. Bates , pour prévenir cet affaffinat , s'en eft chargé . . . . Je fuis refté chez moi pour accréditer le bruit de ma mort . . . . .

CHARLOTTE.

Et pour me plonger dans l'état le plus cruel . . . .

LEWSON.

J'ai fenti , ma chere Charlotte , tou ce qu'il avoit d'affreux. J'aurois voulu vous dire tout avant . . . . . . Mais ma vengeance s'y oppofoit. Le projet de ce fcélérat n'a été exécuté qu'a moitié.

La Sentence qu'à fait exécuter Dawfon a fuivi ce meurtre fuppofé . . . ,
Et maintenant, comptant fur fes Affo-
ciés, qu'il croyoit auffi méchans que
lui, il vient accufer Beverley de cet
affaffinat.

Mad. Beverley.

Quel monftre !

Bates.

Dawfon & moi en fommes témoins.

Lewson.

Ainfi que de cent autres perfidies,
Ce ne font que des filoux & des dés pi-
pés qui ont ruiné Beverley. Stukely a
tout imaginé, & poffède feul tous fes
biens.

Dawson.

S'il n'eût pas voulu nous rendre
coupables d'un affaffinat, nous aurions
toujours continué notre infâme métier.

Mad. Beverley.

C'eft ainfi que le Ciel change le mal

en bien. Il permet le crime, pour rappeller les hommes à la vertu.

LEWSON.

Mais il punit l'inftrument du crime. C'eft ce que nos loix vont faire, mais non en faifant mourir ce miférable. La mort ne le puniroit pas affez. L'opprobre, l'indigence, un cachot, l'infenfibilité qu'on aura pour fa miſére, les cris de fa confcience, les imprécations du genre humain feront de fa vie un tourment continuel.... juſqu'à ce qu'enfin il la termine lui-même de fa propre main.... Comment ſe trouve mon ami ? (à Beverley.)

BEVERLEY.

Bien. Qui me fait cette demande ?

Mad. BEVERLEY.

C'eft Lewfon, mon cœur.... Quels regards vous jettez fur lui !

BEVERLEY.

On m'a dit qu'il avoit été affaffiné.

K vj

Mad. BEVERLEY.

Oui, on vous l'a dit ; mais il vit pour nous fauver.

BEVERLEY.

(*à Madame Beverley.*) Donnez-moi la main , ... Cette chambre femble tourner autour de moi.

Mad. BEVERLEY.

O Ciel !

LEWSON.

C'eſt ce ſcélérat qui lui trouble les fens. Arrachez-le d'ici. (*à Bates & à Dawſon.*) Vous m'en repondrez fur votre vie. (*Bates & Dawſon emmenent Stukely.*)

SCENE XIII.

BEVERLEY, Mad. BEVERLEY
CHARLOTTE, LEWSON,
JARVIS.

LEWSON.

(*à Beverley.*) COMMENT vous fentez-vous , Monfieur !

BEVERLEY.

Je me fens mal là . . . . . & là. (*en portant la main à la tête & au cœur.*) Je m'y fens déchiré.

Mad. BEVERLEY.

Vous avez des mouvemens convul-fifs . . . . D'où vient donc cette agita-tion ?

LEWSON.

C'eft peut-être ce paffage fubit de la douleur à la joie . . . . Il a befoin de repos. . . . La nuit derniere a été bien cruelle pour lui. Il eſt frappé.

CHARLOTTE.

Oui , & ſans remede. . . . . mon frere !. . . . Oh ! que je crains pour lui !

Mad. BEVERLEY.

' O Ciel ! conſerve-le !. . . mon ami ! mon cœur ! Regardez-moi !. . . . Comme ſes yeux ſont enflammés !

BEVERLEY.

Je me ſens brûlé par des feux dévorans . . . . j'ai été trop vîte.

Mad. BEVERLEY.

Que dites-vous ? O Ciel ! je ſuis perdue !. . . Au ſecours, Jarvis ! Courez, courez chercher du ſecours ! autrement votre Maître va mourir . . . . Courez, au lieu de pleurer. (Jarvis ſort.)

SCENE XIV.

BEVERLEY, Mad. BEVERLEY, CHARLOTTE, LEWSON,

Mad. BEVERLEY.

EN quoi donc avez-vous été trop vîte?.... Mais ne me repondez pas.... mes craintes m'en difent déjà trop.

BEVERLEY.

Rappellez Jarvis.... Tous les fecours humains font inutiles pour moi.

Mad. BEVERLEY.

Pourquoi donc?

BEVERLEY.

Calmez vous, feux dévorans! (*en mettant la main fur fon cœur.*) vous me tourmenterez affez tôt..... Ah! laiffez-moi refpirer un moment!

Mad. BEVERLEY.

Aidez-moi, Charlotte! Soutenez-le;

Monfieur, (*à Lewfon.*) fon état me
déchire le cœur !

BEVERLEY.

Cette crife a été cruelle .... Tous
mes fens en font encore frappés ....
Où eft ma femme ?... Pourrez - vous
me pardonner, mon cœur ?

Mad. BEVERLEY.

Hélas ! en quoi m'avez - vous of-
fenfée ?

BEVERLEY.

(*Se levant une feconde fois avec préci-*
pitation.) Ah ! je reffens les mêmes
douleurs .... (*Il fe raffied.*) Elles font
maintenant calmées .... Voudrez-vous
me pardonner ?

Mad. BEVERLEY.

De tout mon cœur .... Mais que
voulez-vous que je vous pardonne ?

BEVERLEY.

La lâcheté de ma mort.

Mad. BEVERLEY.

Non, non .... cela n'eft pas.

BEVERLEY.

Pardonnez-moi cette lâcheté auſſi ſin-
cérement que mon ame la déteſte. Si
Jarvis ne m'eût pas quitté ce matin, je
pouvois être encore heureux; mais ſuc-
combant à ma honte ..... me voyant
dans une priſon .... déchiré par des
remords qui me reprocho ent vos malheurs .... Entraîné par le déſeſpoir ....
aveuglé par la fureur .... J'ai profité
de l'abſence de Jarvis, j'ai gagné le
malheureux, à la garde duquel il m'a-
voit laiſſé, & ..... j'ai avalé du poiſon·

Mad. BEVERLEY.

O la funeſte cataſtrophe !

CHARLOTTE.

O l'horrible & cruelle action !

BEVERLEY.

Oui, je la déteſte comme vous ....
Je vais bien-tôt rendre compte à mon
Juge .... Le calme où je me trouve
eſt l'avant-coureur de la mort; cependant c'eſt une faveur du Ciel à mon
égard. Je ſouhaitois un inſtant de tran-

quillité, qui me permît de fléchir la vengeance divine par la vivacité de mes regrets, par la sincérité de mon repentir.... Soutenez-moi sur mes genoux. (*Ils le prennent dans leurs bras, & le soutiennent sur ses genoux.*) Je vais prier pour vous aussi. O Dieu qui m'avez créé, écoutez-moi! Si pour une vie coupable, si pour avoir attenté sur mes jours, votre justice me condamne, je me soumets à votre arrêt; mais si du trône de miséricorde où vous êtes assis, vous me regardez d'un œil de pitié, faites luire dans mon ame un rayon d'espérance! qu'elle puisse dans ces derniers & terribles momens, goûter quelque consolation! Essuyez les larmes de ces affligés! Que leur vie soit tranquille, & leur mort heureuse!.... Maintenant relevez-moi. (*Ils le remettent sur son siége.*)

Mad. BEVERLEY.

O Ciel! conserve-le! étends ton bras puissant, arrache-le du tombeau! Dieu de miséricorde! exauce-moi!

BEVERLEY.

Hélas ! cette priere est inutile. Je
sens déjà le froid de la mort .... Cependant le Ciel m'a exaucé .... Je lui
ai demandé un rayon d'espérance ,
comme un présage du pardon qu'il m'ac-
cordoit , & comme un éclair qui sort
du sein de la nuit , ce rayon vient de
briller dans mon ame ..... Je ne vi-
vois que dans cette attente , & maintenant je meurs.

Mad. BEVERLEY.

Non pas encore !... Arrêtez, je vais
mourir avec vous. .

BEVERLEY.

Non, je vous ordonne de vivre....
Il vous reste un gage de notre amour.
Quoique je l'aye abandonné moi-même , vous devez vous conserver pour
lui .... Je le recommande à l'amitié
de Lewson .... N'est-ce pas-là Charlotte ? Je vous ai toujours aimée, malgré les sujets de plaintes que je vous ai
donnés. Me pardonnez - vous , Charlotte ?

CHARLOTTE.

Vous pardonner ! Ah mon pauvre
frere !

BEVERLEY.

(*A Madame Beverley.*) Donnez-moi
votre main, mon cœur...... Oui,
comme cela .... Soulevez-moi ....
Non .... il n'en est plus besoin ....
ma vie est à son terme .... Que n'ai-
je encore quelques instans pour vous
dire combien mon cœur est penetré de
l'état où je vous laisse .... Dans ce
moment même, tout mourant que je
suis, inquiet & tremblant pour l'avenir, mes derniers soupirs sont pour
vous, mes derniers regrets sont d'avoir
causé vos peines. O Ciel ! soulage-les!
Console sa misére ! .... je me meurs....
O Dieu ! j'implore ta miséricorde ! (*Il
meurt.*)

LEWSON.

Il n'est plus.... Qu'avez-vous donc,
Madame. (*à Mad. Beverley évanouie.*)
.... Ma pauvre Charlotte aussi !

SCENE XV. & derniere.

Mde. BEVERLEY, CHARLOTTE;
LEWSON, JARVIS.

JARVIS.

COMMENT eft mon Maître, Madame ? j'apporte de quoi le fecourir...,
Suis-je donc venu trop tard ? (*en voyant*
Beverley mort.)

CHARLOTTE.

O fœur infortunée ! pourquoi ne peut-
elle répandre un torrent de larmes ?...
parlez-lui, Lewfon .... Sa douleur eft
muette.

LEWSON.

Il faut la retirer de ce lieu funefte...;
Allez à elle Jarvis. Ramenez-la au logis .... Une douleur, telle que la fienne,
fe taît .... On n'éprouve que de légers
chagrins, quand on peut fe plaindre ...
qu'un Ange de paix defcende du Ciel

pour la confoler ! (*Jarvis & Charlotte emmenent Madame Beverley.*) Et toi malheureux Beverley, puiffe ton ame, au gré de tes défirs, voler dans le fein du repos ! Si l'on te pardonne ta funefte paffion, & ta coupable mort, tu mérites les regrets les plus tendres & les plus fincéres. Leçon terrible pour les hommes qui feroient encore plus foibles que toi ! Qu'ils apprennent par cet exemple, qu'en manquant de prudence, on manque à la vertu.

Tel qu'un torrent fougueux, le vice nous entraîne.
Si dans fon premier cours il n'eft point arrêté,
Rien ne s'oppofe alors à fa rapidité.
La raifon eft trop foible & la prudence eft vaine,
      La nature & l'honneur,
      Tout céde à fa fureur.
      Déplorables victimes
      D'un penchant malheureux,
Nous nous précipitons d'abyfmes en abyfmes,
Pour nous perdre à la fin dans des gouffres affreux.

Fin du cinquiéme & dernier Acte.

EPILOGUE

Fait par un Ami de l'Auteur, & pro-
noncé par Mlle. Pritchard. (*)

MAHOMET dévoüa à des supplices éter-
nels tout Sectateur de sa Loi qui joue-
roit, mais pour des Dés & des Cartes qu'il
leur ôta il leur promit dans son Paradis les
filles les plus aimables. S'il exigeoit de vous,
Messieurs, la même obéissance, je craindrois
qu'il ne fît que bien peu de Prosélytes. Vos
cœurs sont tellement attachés à un gain sor-
dide, qu'en vain on fait briller à vos yeux
les charmes les plus séducteurs. Si Vénus
elle-même venoit se jetter dans vos bras,
vous lui préféreriez deux As & la main. Notre malheureux sexe, entraîné par votre
exemple, s'abandonne à ce vice, qui outrage
la nature. Les filles d'esprit, les jolies femmes en veulent plus à votre argent qu'à votre cœur. O quelles nuits délicieuses passent
maintenant nos Petits-Maîtres & nos Petites-
Maîtresses ! La violente agitation de leur esprit bannit le sommeil de leurs yeux ; on les
voit promenant autour d'une table des regards avides qui appellent le gain & qui dévorent l'enjeu d'un voisin trop riche. Aussi
les Graces & les Ris ont-ils quitté la Grande-
Bretagne. L'Amour n'est plus parmi nous

_____
(*) Actrice Angloise.

qu'un Chevalier d'industrie, & la fortune est
assise sur le trône de Cythère. Notre séxe,
j'en conviens, se livre trop à cette passion ;
mais s'il mérite quelques reproches, quelle
doit être la confusion du vôtre, qui s'est
donné la sagesse en partage ! Quelle honte !
Que quatre reines ridicules, soient les riva-
les de toutes les béautés de l'Angleterre, &
que vous ne soupiriez que pour quatre femmes sans graces, sans esprit, sans talens,
& qui malgré tout l'orgueil de leur nom,
n'ont été que des coquettes, & des femmes
galantes, ou dumoins en ont eu la réputation. Les Cartes ont été inventés d'abord
pour amuser l'esprit, mais non pour l'attacher servilement. Mais qu'on passe promptement du bien au mal ! L'instrument de notre
plaisir est devenu celui de notre perte. Jeunes Angloises, fuyez donc les Joueurs, &
instruites par l'exemple qui vient de vous
frapper les yeux, refusez-leur toujours votre main & votre cœur.

J'Ai lû par ordre de Monseigneur le Chan-
celier. le Joueur, Tragédie, traduite de
l'Anglois : Ce Drame présente un tableau des
plus frappans, qui ne paroît point affoibli
par la Traduction ; & j'ai cru que l'impres-
sion en pouvoit être permise. A Paris, ce
4 Mars 1762.

Signé, ALBARET.